# Rückengesundheit

## Der Weg zu einem starken Rücken

Dr. med. Gilbert Klüppel
Ulrich Kuhnt

Gesundheit für mich

Genehmigte Sonderausgabe 2007

Alle Angaben wurden sorgfältig recherchiert, eine Garantie bzw. Haftung kann jedoch nicht übernommen werden.

Titelabbildungen: mauritius images (u.); Klosterfrau Gesundheitsdienst (o.)
Gestaltung: Axel Ganguin
Umschlaggestaltung: Axel Ganguin

ISBN 978-3-8174-6334-3
5463341

# Vorwort

Sozialer Wohlstand, moderne Technik und die Fortschritte der Medizin haben den Gesundheitszustand der Bevölkerung spürbar verbessert und ermöglichen ein längeres Leben mit weniger gesundheitlichen Beeinträchtigungen. Es wird aber auch immer deutlicher, welch großen Einfluss jeder Einzelne selbst auf seine Gesundheit oder auf den Verlauf einer Krankheit hat. Regelmäßige Bewegung, gesunde und ausgewogene Ernährung, eine nikotinfreie Lebensweise und die aktive Bewältigung von Stress halten gesund oder unterstützen zumindest dort, wo die Gesundheit bereits angeschlagen ist. Häufig bieten auch Selbsthilfegruppen Unterstützung, deren Arbeit wiederum aktiv von der BKK gefördert wird. Nicht immer sind wir uns dieser Einflussmöglichkeiten bewusst. Gesundes Verhalten wirkt – ebenso wie gesundheitsschädliches Verhalten – oft erst zeitverzögert. Ein gesunder Lebensstil wird daher (leider) häufig dann erst zum Thema, wenn Beschwerden oder Erkrankungen die Betroffenen wach gerüttelt haben. Aber auch dann gibt es noch Chancen: Bewegung, gesunde Ernährung und Entspannung stärken Ihre Gesundheit und verbessern Ihr Wohlbefinden in jedem Lebensabschnitt, in jeder Lebenssituation. Oft sind es ganz einfache Veränderungen im Alltag, die schon Verbesserungen bringen, ohne mit größeren Kosten oder Mühen verbunden zu sein.

Die BKK hat dies schon lange erkannt und sich in allen Lebenswelten – bei der Arbeit wie in der Freizeit – als engagierter Vorreiter für Gesundheitsförderung und Prävention etabliert. Krankheiten vorzubeugen, wo immer es geht, ist eines ihrer vordringlichsten Ziele. Im Falle einer Krankheit bietet die BKK ihren Versicherten deshalb über die qualitätsgesicherte Versorgung hinaus Hilfen an, um durch Veränderungen des eigenen Lebensstils gesundheitliche Einschränkungen zu vermindern und ein möglichst unbelastetes Leben führen zu können. Einen Beitrag hierzu liefert auch die vorliegende Ausgabe des Buches „Rückengesundheit – Der Weg zu einem starken Rücken“. Details zu weiteren Angeboten erhalten Sie bei Ihrem Ansprechpartner in einer der rund 200 Betriebskrankenkassen in Deutschland, beim Bundesverband der Deutschen Rückenschulen (www.bdr-ev.de), dem wir für die fachliche Beratung bei der Erstellung dieses Buches herzlich danken, oder im Internet auf der Homepage des BKK Bundesverbandes unter der Adresse www.bkk.de.

K.-Dieter Voß
BKK Bundesverband
Mitglied des Vorstandes

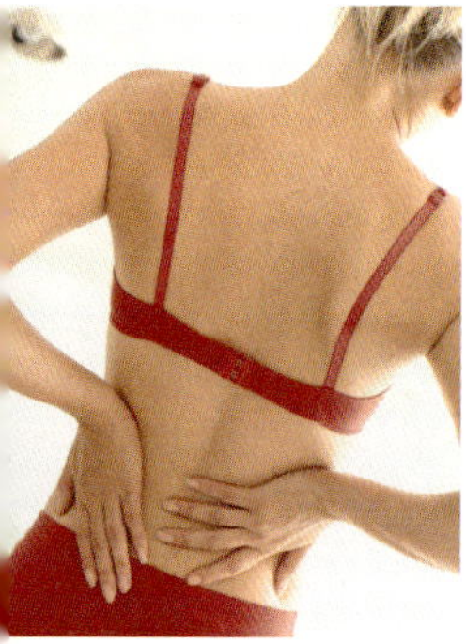



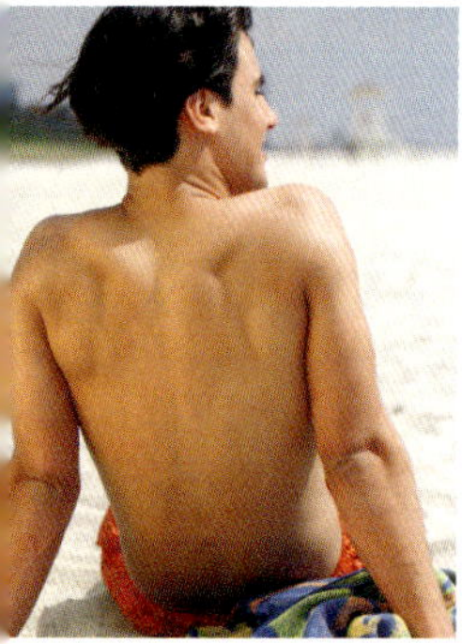

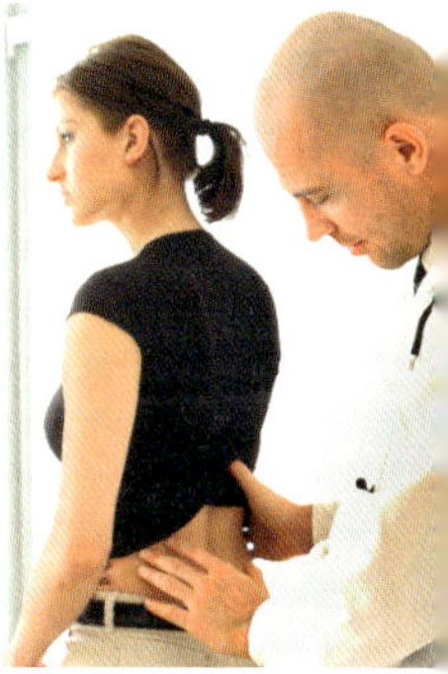

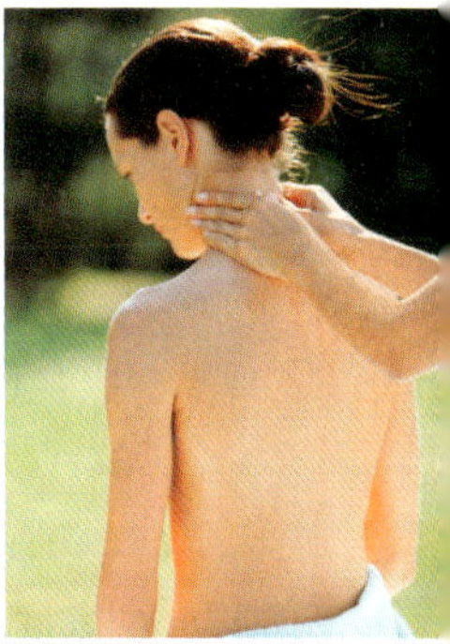

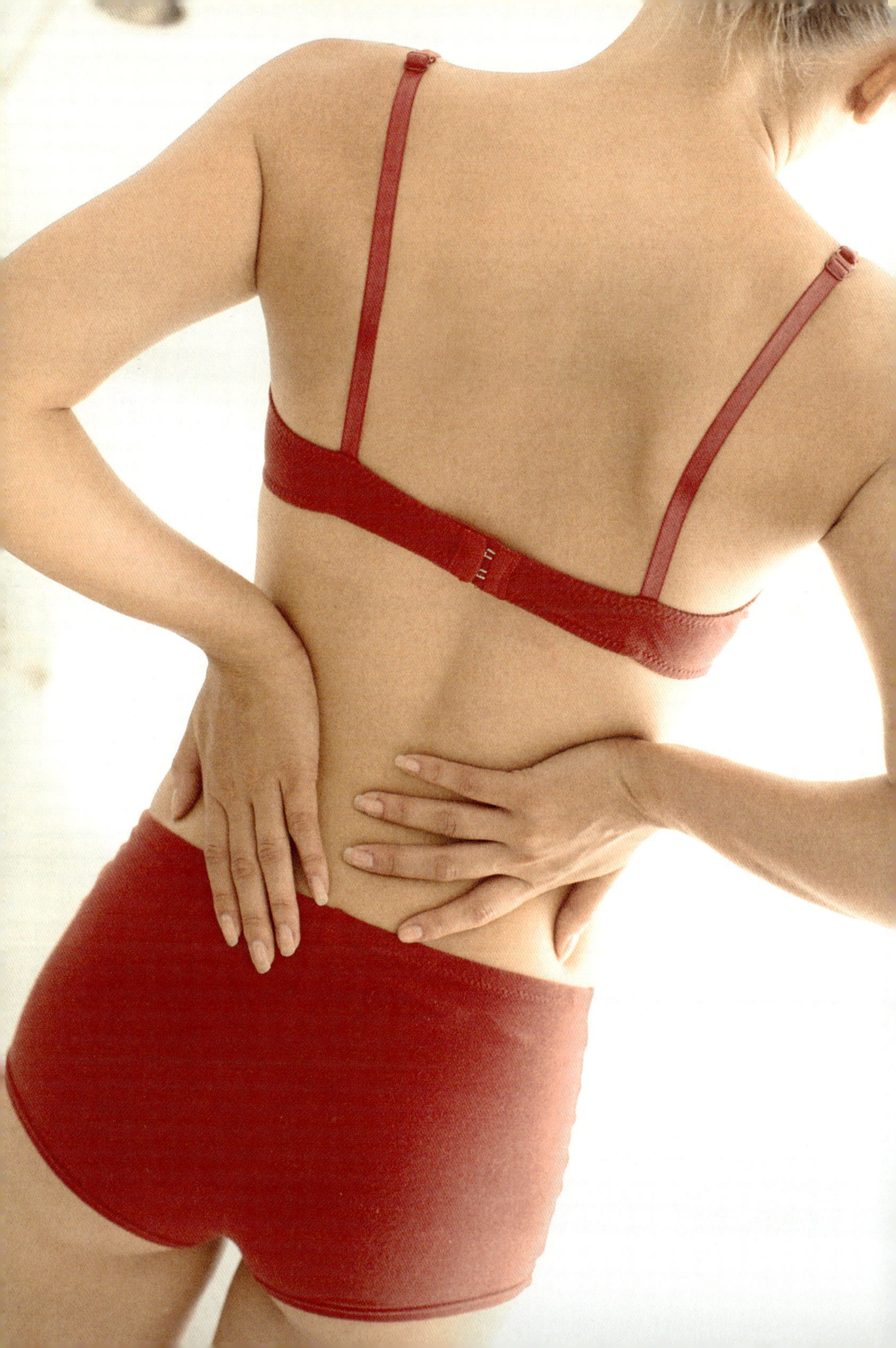

# Das Krankheitsbild

**Rückenschmerzen treffen nahezu jeden Erwachsenen irgendwann in seinem Leben. Kaum ein Leiden hat in den letzten Jahren so zugenommen wie diese „Volkskrankheit Nr. 1".**
**Das Krankheitsbild „Rückenschmerzen" ist nicht einfach und eindeutig zu beschreiben. Ort und Art des Schmerzes sowie die Ursachen können ganz unterschiedlich sein.**
**Rückenschmerzen müssen immer im Zusammenhang mit den vielfältigen Aufgaben und Funktionen der Wirbelsäule betrachtet werden. Jede einzelne Funktion kann für das Auftreten von Rückenschmerzen mitverantwortlich sein.**

## Rückenschmerzen – ein weit verbreitetes Problem

Keine Frage – Rückenbeschwerden sind sehr weit verbreitet. Über 80 Prozent der Bevölkerung leiden im Laufe ihres Lebens mindestens einmal unter Rückenschmerzen. Die Kosten für diese Volkskrankheit sind unvorstellbar hoch. Jährlich verschlingen die Probleme mit dem Rücken in Deutschland mindestens 20 Milliarden Euro. Rückenschmerzen sind der häufigste Grund für Krankschreibungen und Frühberentungen.

Der klassischen Medizin ist es mit ihren Methoden nur unbefriedigend gelungen, Rückenschmerzen in den Griff zu bekommen. Man sollte annehmen, dass die teuren Medikamente und hoch technischen Geräte den Rücken eines Menschen schnell und sicher wieder gesund machen können. Das ist aber nicht der Fall. Warum ist es so schwierig, Rückenbeschwerden schnell und dauerhaft zu beseitigen?

Fragen Sie sich selbst Folgendes:

- Hatte ich schon einmal Rückenschmerzen?
- Wie stark waren diese Schmerzen?
- An welcher Stelle meines Rückens waren die Schmerzen?
- Was waren die Ursachen der Beschwerden?
- Wie habe ich mich während der Schmerzen verhalten?
- Wie bin ich die Schmerzen wieder losgeworden?
- Haben mir eher Bettruhe oder Bewegung geholfen?
- Wann ist mein Rücken gesund, wann ist er krank?
- Wie gehen meine Verwandten, Bekannten und Freunde mit Rückenschmerzen um?

Merken Sie, wie kompliziert die Beantwortung dieser Fragen sein kann? Wahrscheinlich werden Sie andere Antworten geben als Ihre Nachbarn, Angehörigen oder Kollegen.

Das Krankheitsbild „Rückenschmerzen" ist nicht einfach und eindeutig zu beschreiben. Ort und Art des Schmerzes sowie die Ursachen können ganz unterschiedlich sein. Patentrezepte für einen dauerhaft schmerzfreien Rücken gibt es nicht. Diese Tatsache soll Sie jedoch nicht entmutigen! Nein, ganz im Gegenteil! Wir möchten Sie motivieren, sich mit dem Phänomen „Rückenschmerzen" aktiv auseinanderzusetzen. Es lohnt sich, einen anderen Blickwinkel als bisher einzunehmen. Seien Sie gespannt, in welche neue Richtung auch Sie schauen können und was Sie selbst gegen Ihre Rückenschmerzen tun können.

# Die Wirbelsäule – Wunderwerk oder Fehlkonstruktion?

Wichtige Kennzeichen des Menschen sind die aufrechte Haltung und der Gang auf zwei Beinen. Ist Rückenschmerz der Preis für diese besonderen Fähigkeiten?

Rückenschmerzen sind so stark verbreitet, dass man annehmen könnte, unser Rücken sei eine einzige Fehlkonstruktion. Lassen Sie uns deshalb einmal genauer unter die Lupe nehmen, welche Aufgaben die Wirbelsäule für die menschliche Haltung, Bewegung, Atmung und den Stoffwechsel erfüllt und wie sie diese vielfältigen Aufgaben meistert.

## Die Wirbelsäule ist unser Rückgrat!

Die Wirbelsäule ist als zentrales Achsenorgan der wichtigste Teil unseres Haltungs- und Bewegungssystems. Im Zusammenspiel mit allen anderen Muskeln, Knochen und Gelenken sorgt sie für die aufrechte Körperhaltung des Menschen.

### Die Funktion des Beckens

Die Aufrichtung der Wirbelsäule ist unmittelbar von der Stellung des Beckens abhängig. Die Basis der Wirbelsäule – das Kreuzbein mit dem Steißbein – und das Becken sind miteinander sehr fest verbunden. Ist das Becken als wichtiges Fundament instabil und schief, so wirkt sich diese Schwäche und Fehlstellung direkt auf die Wirbelsäule aus.

### Die Funktion des Kreuzbeins

Auf dem Kreuzbein steht der bewegliche Teil der Wirbelsäule. Er setzt sich zusammen aus 24 knöchernen „Bauklötzen", den sogenannten Rückenwirbeln. Jeder einzelne Wirbel besteht aus einem festen, harten Knochen, dem Wirbelkörper, der in der Lage ist, die Last des Oberkörpers zu tragen.
Im unteren Wirbelsäulenbereich sind die Wirbelkörper relativ groß und werden nach oben in Richtung Kopf immer kleiner, weil die zu tragende Last über dem Becken viel größer ist als im Kopfbereich.

**Die Abschnitte der Wirbelsäule**

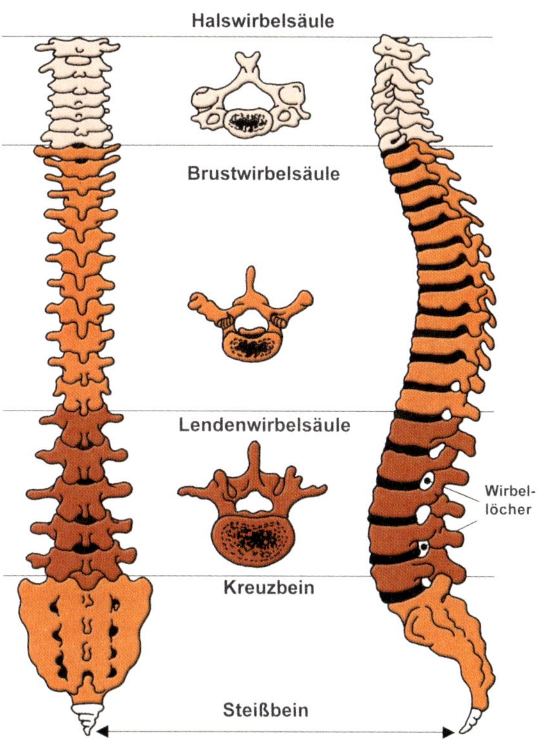


### Die Funktion der Bandscheiben

Zwischen den einzelnen Wirbeln liegen gallertartige Stoßdämpfer, die Bandscheiben. Diese haben innen einen weichen Kern und außen einen festen Faserring. Das Bandscheibengewebe kann sich wie ein trockener Schwamm mit Gewebsflüssigkeit vollsaugen und dadurch die Wirbel auseinanderdrücken.

Bänder, die sich vorn und hinten über die ganze Länge der Wirbelsäule erstrecken, verbinden die Wirbel sozusagen wie Gliederketten. Diese Bänder sorgen als Gegenspieler zu den Bandscheiben für eine hohe Stabilität der Wirbelsäule.

### Die Funktion der Muskeln

Knochen, Bandscheiben und Bänder allein können die Wirbelsäule nicht aufrecht halten. Dafür sind

**Wirbelkörper und Bandscheibe**

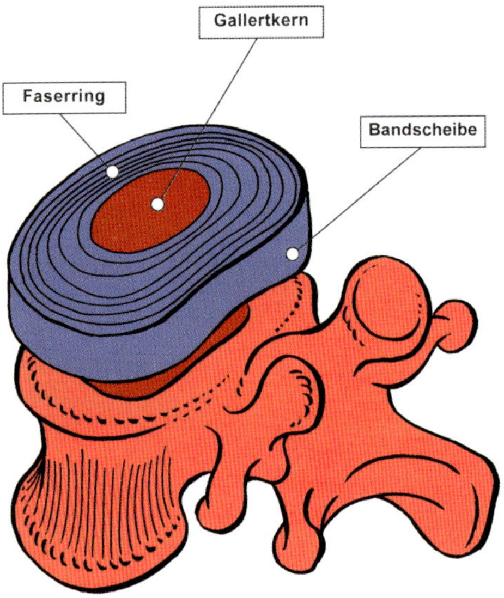


zahlreiche Muskeln notwendig. Die kleinsten Muskeln ziehen von Wirbel zu Wirbel. Die nächstgrößeren Muskeln überspannen mehrere Wirbel. Die längsten Muskeln an der Wirbelsäule erstrecken sich über ihre gesamte Länge.

Aber auch diese Rückenmuskeln allein können die Wirbelsäule nicht ausreichend stabilisieren. Dafür sind zusätzlich die Bauchmuskeln erforderlich. Rücken- und Bauchmuskeln sind gleichberechtigte Mitspieler, die ihre Aufgabe nur gemeinsam erfüllen können. Beide Partner sollten gleich stark sein.

Ein muskuläres Ungleichgewicht ist für die Aufrichtung der Wirbelsäule ungünstig.

### Aufbau der Wirbelsäule

Den ersten Wirbelsäulenabschnitt über dem Kreuzbein nennt man Lendenwirbelsäule (fünf Wirbel), den darauf folgenden Brustwirbelsäule (zwölf Wirbel) und den oberen Abschnitt Halswirbelsäule (sieben Wirbel).

## Stütz- und Haltefunktion der Wirbelsäule

**Lebenswichtige Organe**

Die Wirbelsäule ist die zentrale bauliche Stütze des Oberkörpers und zugleich das Stützorgan für alle lebenswichtigen Organe. Zusammen mit den Rippen bildet die Brustwirbelsäule den knöchernen Brustkorb, der Herz und Lunge als lebenswichtige Organe umschließt und schützt.

Der Brustkorb ist über zwölf Rippenpaare gelenkig mit der Brustwirbelsäule verbunden. Das Zwerchfell erstreckt sich wie eine Kuppel von der Wirbelsäule ausgehend zu den unteren Rippen und zum Brustbein. Die Bewegungen des Zwerchfells und des Brustkorbs ermöglichen uns die

Atmung. Im Zusammenspiel mit der Bauch-, Rücken- und Beckenbodenmuskulatur bildet das Zwerchfell den Bauchraum. Im Bauchraum liegen die Verdauungs- und Stoffwechselorgane. Darm, Bauchfell und auch die Gebärmutter sind an der Wirbelsäule befestigt und werden von dieser in ihrer Position gehalten.

### Schultergürtel und Kopf

Das Gewicht der Arme und Schultern hängt vollständig an der Brust- und Halswirbelsäule. Werden die Arme nach vorn gestreckt oder Gegenstände mit den Armen bewegt, so übertragen sich diese Belastungen auch auf die Wirbelsäule.

Der Kopf mit einem Durchschnittsgewicht von fünf Kilogramm wird von der Halswirbelsäule mühelos über Stunden getragen, sofern diese sich im Lot befindet. Allerdings bedeutet es für die Halswirbelsäule Schwerstarbeit, wenn der Kopf, z. B. bei der Bildschirmarbeit, längere Zeit nach vorn geneigt wird.

### Stoßdämpfer im Oberkörper

Die Wirbelsäule ist nicht starr und fest, sondern federt Stöße besonders gut ab. Dies gelingt ihr durch die in der Natur einzigartige Form der Wirbelsäule. Von hinten und von vorn gesehen sollte sie senkrecht sein. Aber von der Seite gesehen hat die Wirbelsäule eine Form, die vergleichbar ist mit zwei übereinanderstehenden „S“, also der sogenannten „Doppel-S-Form“. Dadurch liegt der Schwerpunkt des Rumpfes genau über den Beinen und das für den Oberkörper schonende Abfedern wird ermöglicht. Die Doppel-S-Form macht die Wirbelsäule zehnmal belastbarer, als wenn sie ein gerader Stab wäre. Die Stoßdämpferwirkung wird noch zusätzlich durch die Bandscheiben unterstützt.

**Bauch- und Rückenmuskeln halten die Wirbelsäule**

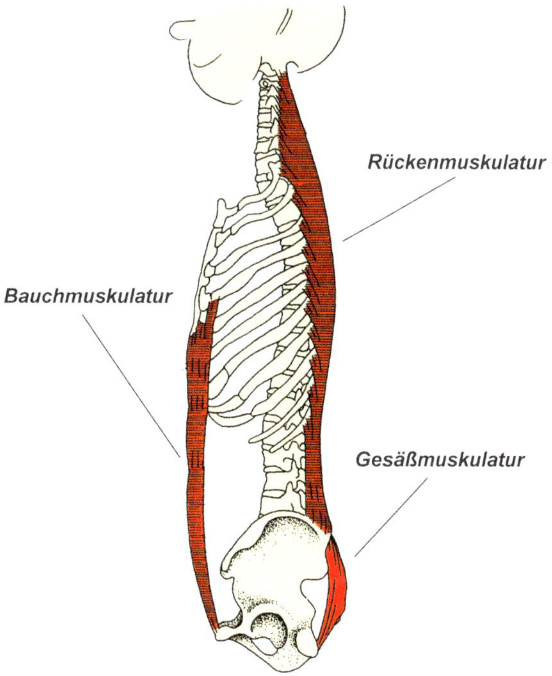

Das vegetative Nervensystem, auch autonomes Nervensystem genannt, steuert ohne unser Bewusstsein lebenswichtige Funktionen wie z. B. Herzschlag, Atmung und Verdauung.

## Schutzfunktion der Wirbelsäule

Die Steuerzentrale des Menschen, das Gehirn, befindet sich gut geschützt im Schädel und besteht aus ca. 100 Milliarden Nervenzellen. Alle Funktionen des Menschen, wie z. B. Bewegung, Atmung, Verdauung, Sprache und das Denken, werden dort gesteuert. Für diese Aufgaben ist es erforderlich, dass Nervenverbindungen zwischen dem Gehirn und allen anderen Organen bestehen.

Von oben betrachtet zeigt jeder Wirbel neben dem Wirbelkörper ein Wirbelloch. Da die Wirbel übereinanderstehen, stellen sie insgesamt einen Kanal dar, den Rückenmarkkanal. Dort verläuft bestens geschützt das Rückenmark. Es gehört zum zentralen Nervensystem und stellt somit eine direkte „Fortsetzung" des Gehirns dar.

Das Rückenmark ist aber kein von der Halswirbelsäule bis zur Lendenwirbelsäule durchgehender Nervenstrang, sondern an jedem Wirbelkörper verlassen zur linken und rechten Seite die Spinalnerven das Rückenmark. Sie versorgen im Halswirbelbereich die Arme und Hände, von der Brustwirbelsäule ausgehend alle inneren

### Die Form der Wirbelsäule

Die Schwingungen der Lenden- und der Halswirbelsäule werden mit dem Begriff „Lordose" beschrieben. Somit sprechen wir von der Lendenlordose und der Halslordose. Die Schwingung in der Brustwirbelsäule heißt Kyphose. Konsequenterweise heißt die Schwingung in der Brustwirbelsäule „Brustkyphose".

**Das vegetative Nervensystem**

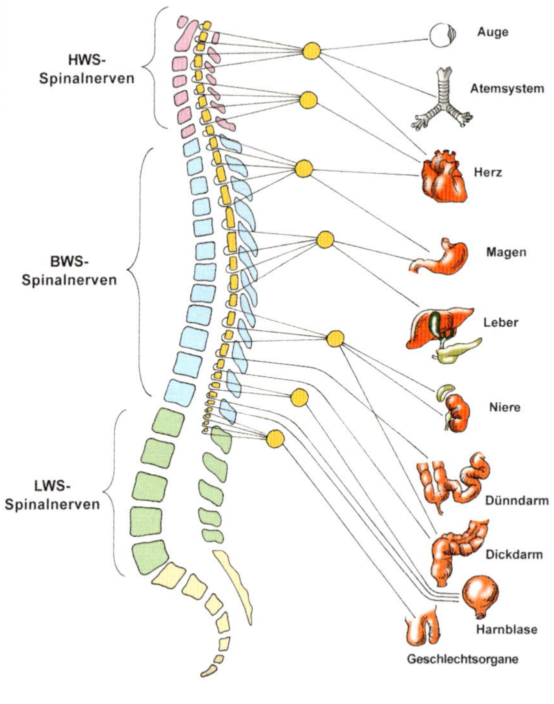

Organe und aus der Lendenwirbelsäule die Beine und Füße mit Nervenaktivität.

Von den Spinalnerven ziehen auch Nervenäste bis unter die gesamte Hautoberfläche des Menschen. Jeder Hautbereich (Dermatom) kann einem aus dem Rückenmark abgehenden Spinalnerven zugeordnet werden.

Durch das Rückenmark und die Spinalnerven werden nicht nur Nervenimpulse vom Gehirn zu den Organen gesendet, sondern auch umgekehrt Informationen aus der Haut, den Muskeln, Gelenken und inneren Organen zum Gehirn geleitet. Dieser fortlaufende Kreislauf von Informationen wird vom Gehirn in dauernder Wechselbeziehung zwischen dem Rückenmark und den Spinalnerven koordiniert, verarbeitet und gesteuert.

## Bewegungsvielfalt der Wirbelsäule

In den vorangegangenen Abschnitten haben Sie erfahren, dass die Wirbelsäule wichtige Halte- und Schutzaufgaben erfüllt. Damit ist das Multitalent „Wirbelsäule" aber noch längst nicht an seine Grenzen gestoßen. Besonders erstaunlich ist die Fähigkeit der Wirbelsäule, sich variationsreich und ausdauernd zu bewegen. Bei allen Körperbewegungen – während der Arbeit oder beim Sport – bewegt sich auch unsere Wirbelsäule.

Vielleicht helfen Ihnen die folgenden Beispiele, die hervorragenden Leistungen Ihrer Wirbelsäule noch besser als bisher zu verstehen.

Ihre Wirbelsäule ist beweglich:

- beim Nach-vorn-Neigen (z. B. Blumen pflücken oder Schuhe anziehen),
- beim Drehen (z. B. tanzen, Inlineskating),
- beim Strecken (z. B. Obst vom Baum pflücken, Decke streichen),
- beim Überstrecken (z. B. brustschwimmen oder in Bauchlage lesen).

Ihre Wirbelsäule ist aber auch belastbar:

- beim Heben von Lasten,
- beim Gehen und Laufen,
- beim Springen,
- beim Klettern.

Diese erstaunlichen Bewegungsleistungen werden durch das Zusammenspiel von Nervensystem, Muskeln, Knochen und Bändern ermöglicht.
Das Bewegungssystem der Wirbelsäule besteht insgesamt aus 143 Muskeln, 133 Gelenken und 224 Bändern.

### Multitalent Wirbelsäule

Hätten Sie gedacht, dass unsere Wirbelsäule derartig viele Aufgaben erfüllt und Möglichkeiten in sich birgt? Jeder Muskel, jeder Knochen und jeder andere Bestandteil der Wirbelsäule ist wichtig für das gesamte System.

Die Bewegungen der Wirbelsäule finden in den Wirbelgelenken und in den Bandscheiben statt. Jeder Wirbel ist jeweils durch zwei Wirbelgelenke mit dem darunter- bzw. darüberliegenden Wirbel verbunden. Jedes einzelne Wirbelgelenk ist aufgebaut wie unsere großen Gelenke, wie z. B. Knie- oder Schultergelenk. Es besteht immer aus zwei Gelenkflächen mit Gelenkknorpel, Gelenkschmiere und einer alles dicht umschließenden Gelenkkapsel.
Vielleicht ist Ihnen schon einmal aufgefallen, dass Ihre Wirbelsäule in den einzelnen Abschnitten unterschiedlich beweglich ist. So können Sie Ihren Kopf relativ weit zur Seite drehen oder weit nach vorn und hinten neigen. Diese große Beweglichkeit haben Sie aber nicht in der Brust- und in der Lendenwirbelsäule.

Jeder Wirbelsäulenabschnitt hat seine charakteristischen Bewegungsumfänge. Ermöglicht wird diese Besonderheit durch den unterschiedlichen Bau der Wirbelgelenke.
In der Halswirbelsäule stehen die Wirbelgelenke nahezu horizontal, um das Drehen des Kopfes zu ermöglichen.
In der Brustwirbelsäule sind die Wirbelgelenke schräg angeordnet, um die Bewegungen der Rippen zu ermöglichen.
Die Lendenwirbelsäule hat senkrecht stehende Wirbelgelenke, damit wir unseren Oberkörper vor- und zurückneigen können. Drehbewegungen sind allerdings im unteren Wirbelsäulenabschnitt nur sehr begrenzt möglich.

## Wirbelsäule und Rückenschmerzen

Rückenschmerzen müssen also folglich in der Zusammenschau mit den vielfältigen Aufgaben der Wirbelsäule betrachtet werden. Die Wirbelsäule hat vor allem Halte-, Bewegungs- und Schutzfunktionen. Jede einzelne Funktion kann für das Auftreten von Rückenschmerzen mitverantwortlich sein.
Rückenschmerzen entstehen somit nicht nur in der Wirbelsäule, sondern können auch durch benachbarte Gelenke, wie z. B. dem Schulter- oder Hüftgelenk ausgelöst werden. Darüber hinaus können auch die inneren Organe, wie z. B. Lunge, Darm oder Nieren, bei der Entstehung der Rückenschmerzen einen Einfluss haben.
Sie sehen: Die Wirbelsäule ist alles andere als eine Fehlkonstruktion. Sie ist ein Wunderwerk der Natur!

## Die richtige Beanspruchung ist wichtig

Aber – die Wirbelsäule ist nur so gesund und funktionstüchtig, wie wir mit ihr umgehen.
Die Strukturen der Wirbelsäule sind lebende Gewebe und keine toten Materialien. Alle Gewebe, ob Muskel-, Knochen-, Nerven- oder Bindegewebe, können ihre speziellen Aufgaben aber nur so gut erfüllen, wie sie von uns eingesetzt werden.

### Muskeln

Die Kraft der Muskeln bestimmen wir ganz entscheidend selbst durch ihren Gebrauch. Die für die Wirbelsäule besonders wichtigen Rücken- und Bauchmuskeln benötigen ausreichend viele Belastungsreize. „Schonung" durch Bewegungsmangel führt zu ihrer Schwächung. Neben Kraftreizen müssen Muskeln auch ausreichend viel gedehnt werden. Fehlen Dehnungsreize, so verkürzen sich die Muskeln.

Unser Körper ist besser als jede Maschine. Seine Leistungen können durch angepasste Belastungsreize noch verbessert werden.

*Zur Gesunderhaltung der Wirbelsäule ist der regelmäßige Wechsel von statischer und dynamischer Belastung notwendig.*

## Be- und Entlastung der Bandscheiben

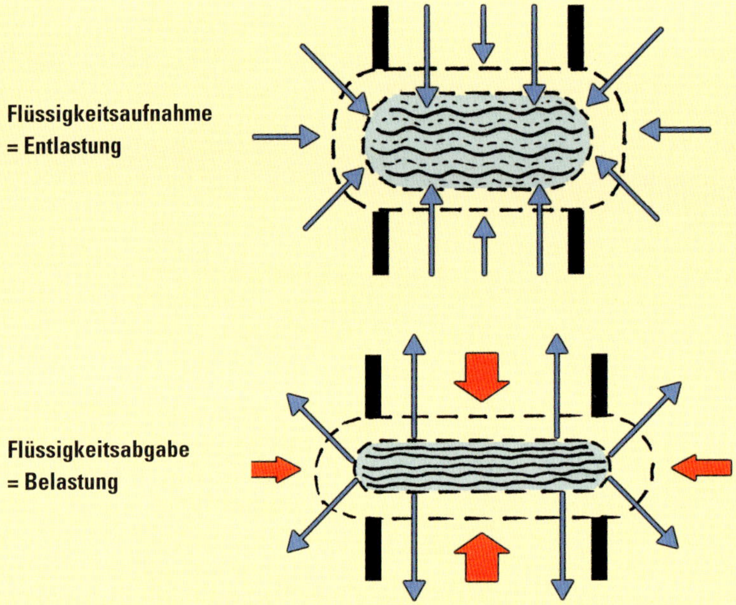


### Gelenke

Die Beweglichkeit der Gelenke kann durch eine angemessene Benutzung (= ausreichend Bewegung) ein Leben lang weitgehend erhalten bleiben. Auf Dauer ungünstig belastete und zu wenig bewegte Gelenke verschleißen frühzeitig. Diese Tatsache gilt auch für die Wirbelgelenke.

### Knochenfestigkeit

Die Festigkeit der Knochen ist belastungsabhängig. Wohldosierte Druck- und Zugbelastungen erhalten und steigern die Qualität eines Knochens. Mangelnde oder übertriebene Bewegung kann die Festigkeit eines Knochens jedoch verringern.

### Bindegewebe

Ebenso ist die Qualität des Bindegewebes – und dazu zählen auch die Bandscheiben – abhängig von der richtigen Belastung. Besonders wichtig ist die Tatsache, dass das Bindegewebe nicht durch Blutgefäße versorgt wird, sondern die Nährstoffe für die Bindegewebszellen aus der Umgebung aufgenommen werden müssen. Diese Nährstoffaufnahme ist nur möglich, wenn das Bindegewebe entlastet wird. Dann strömen von außen Nährstoffe in das Bindegewebe. Stoffwechselendprodukte müssen durch eine Druckerhöhung wieder aus dem Bindegewebe gedrückt werden. Daraus erklärt sich die Aussage: „Die Bandscheibe lebt von der Bewegung!“ Bei einer Bandscheibendruckerhöhung weichen Stoffe aus ihr heraus und bei einer Druckminderung strömen Stoffe in sie hinein.

### Bewegung ist gesund

Es gibt also nicht die „gesunde“ oder die „kranke“ Wirbelsäule – und das ein ganzes Leben lang. Das individuelle Verhalten hat einen entscheidenden Einfluss auf ihren Gesundheitszustand. Die Wirbelsäule benötigt ein Mindestmaß an körperlicher Aktivität. Rückenschmerzen müssen somit auch immer im Zusammenhang mit dem individuellen Bewegungsverhalten betrachtet werden.

## Die Wirbelsäule im Lauf der Jahre

Eigentlich klingt es paradox. Die Wirbelsäule soll einerseits ein Wunderwerk der Natur sein und andererseits leiden viele Menschen unter Rückenbeschwerden. Wie kann dieser Widerspruch erklärt werden?

Der menschliche Organismus befindet sich in einem ständigen Veränderungsprozess. Es gibt die Entwicklungs- und natürlich auch die Alterungsphase. Diesen normalen Prozessen ist auch die menschliche Wirbelsäule unterworfen. So, wie sich die geistigen und körperlichen Fähigkeiten eines Menschen im Laufe seines Lebens verändern, so verändern sich auch die Strukturen und die Eigenschaften der Wirbelsäule.

**Veränderung der Bandscheiben**

Eine der Haupteigenschaften der Bandscheiben ist ihr Vermögen,

### Wichtig!

Dieser Bandscheibenverschleiß, der sich im Laufe des Lebens einstellt, ist so normal wie der altersbedingte Haarausfall. Er ist keine Krankheit und verursacht auch meistens keine Schmerzen. Nur wenn die Bandscheiben ungewöhnlich frühzeitig verschleißen, benötigen Sie medizinische Hilfe.

Veränderungen der Wirbelsäule durch Altern und Abnutzung sind normal. Sie können aber durch Ihr Verhalten den Abnutzungsprozess beschleunigen oder verlangsamen.

als Stoßdämpfer zu wirken. Sie sind elastisch und können ihre Form verändern. Die erstaunlichen Eigenschaften der Bandscheiben bleiben aber nicht ein Leben lang erhalten, sondern verlieren bereits gegen Ende des dritten Lebensjahrzehnts einen Teil ihrer großen Elastizität.

Als Folge unvermeidbarer, biochemischer Veränderungen im Gallertkern nimmt die Verformbarkeit der Bandscheibe ab. Mit zunehmendem Alter sinkt der Flüssigkeitsgehalt der Bandscheiben, die Bandscheibenhöhe verringert sich und der Faserring wird zunehmend brüchiger. Diese Alterserscheinungen werden Bandscheibenverschleiß oder in der Fachsprache „Bandscheibendegeneration" genannt. Dadurch vermindert sich entscheidend die Belastbarkeit der Wirbelsäule und zugleich nimmt die mechanische Belastung der Wirbelgelenke zu.

## Übliche Veränderungen

Die Formveränderung der Wirbelkörper (Osteochondrose) im Laufe des Lebens ist in gewissen Grenzen völlig normal, vergleichbar mit der dünner und faltiger werdenden Haut. Diese Veränderungen machen sich nicht unbedingt durch Schmerzen bemerkbar. Falls Wirbelkörper durch Unfälle, Stürze, Tumore oder durch Osteoporose (Knochenaufweichung) einbrechen, liegt eine ernsthafte Erkrankung vor.

**Druckbelastung der Wirbelgelenke**

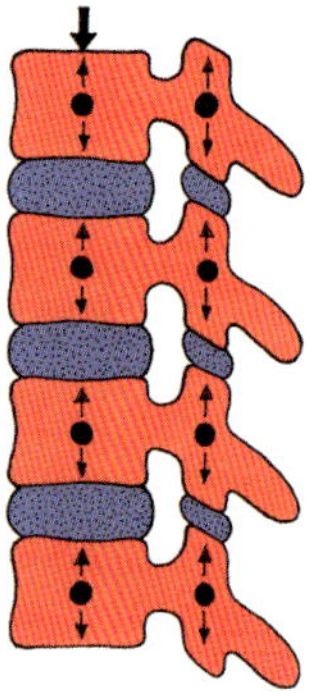

**Geringe Belastung der Wirbelgelenke bei normalen Bandscheibenhöhen**

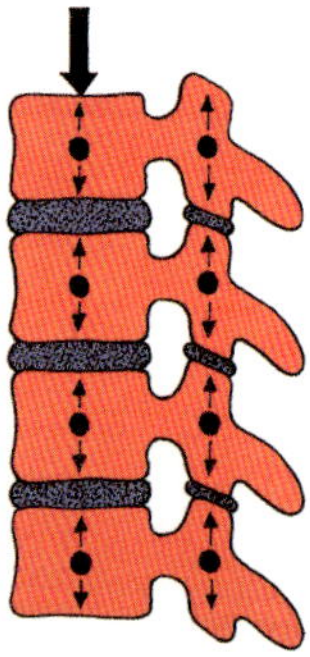

**Hohe Belastung der Wirbelgelenke bei Höhenminderung der Bandscheiben**

### Verschleiß der Wirbelgelenke

Da die Qualität der Bandscheiben direkt auch die Wirbelgelenke betrifft, verursacht die Abnahme der Bandscheibenhöhe auch eine erhöhte Belastung der Wirbelgelenke. Die Gelenkknorpel an den Wirbelgelenken können sich abnutzen.

**Alterserscheinungen**

Die Veränderung der Wirbelgelenke im Laufe des Lebens ist so normal wie die nachlassende Sehkraft. Sie ist keine Krankheit. Nur wenn der Verschleiß ungewöhnlich frühzeitig eintritt oder die Gelenke sich entzünden, benötigen Sie ärztliche Behandlung.

Auch die Form der Wirbelgelenke kann sich verändern. Diese Veränderungen werden als Spondylarthrose bezeichnet.

### Veränderung der Form der Wirbelkörper

Die Form der Wirbelkörper richtet sich auch nach dem Zustand der Bandscheiben. Ist die Bandscheibe weich und brüchig, so versucht der Wirbelkörper den entsprechenden Wirbelsäulenabschnitt zu stabilisieren.

Um die Wirbelsäule zu stabilisieren, lagern die Wirbelkörper zusätzliches Knochenmaterial an und es entstehen knöcherne Randzacken, sogenannte Spondylophyten.

# Wann sind Rückenschmerzen krankhaft?

Im Laufe Ihres Lebens verändern sich einige Strukturen und Eigenschaften Ihrer Wirbelsäule. Es ist auch normal, dass mit zunehmendem Alter die Beweglichkeit Ihrer Wirbelsäule abnimmt.

Es hat aber nachteilige Folgen für Ihre Rückengesundheit und Ihre Lebensqualität, wenn Sie diese normalen Alterungsprozesse als Krankheit deuten. Sie vermeiden eventuell die notwendige körperliche Aktivität, sind unnötig angespannt und entwickeln in Gedanken eine vermeintliche Rückenkrankheit.

Fazit: Viele altersbedingte Veränderungen an der Wirbelsäule sind keine Krankheit, sondern ein ganz natürlicher Alterungsprozess.

## Woher kommen Rückenschmerzen?

### Der alte Blickwinkel

In der Vergangenheit sah man die Ursachen für Rückenschmerzen überwiegend in den Verschleißerscheinungen der Wirbelsäule. Abgenutzte Bandscheiben, eingeklemmte Nerven oder Randzacken an den Wirbelkörpern sollten die Hauptverursacher der Rückenschmerzen sein. Diese alte Sichtweise vertraten jahrelang die meisten Ärzte und Therapeuten.

Heute ist bekannt, dass Verschleißerscheinungen an der Wirbelsäule nicht die wichtigsten Auslöser der Volkskrankheit „Rückenschmerzen" sind. Anhand

## Wie mein Körper spricht

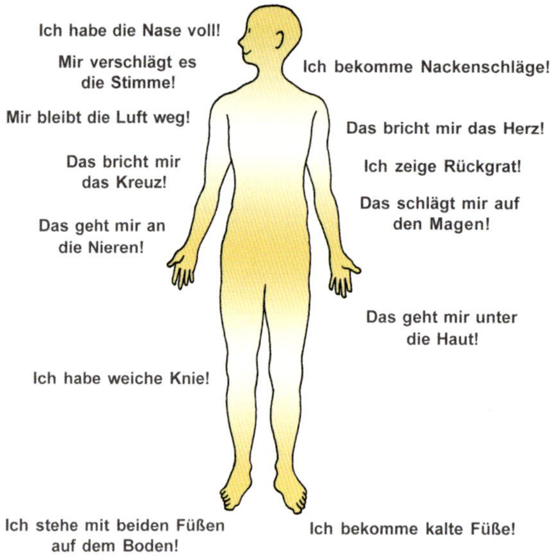


von z. B. Röntgenbildern können nur wenig konkrete Aussagen über die wahren Ursachen der Rückenschmerzen gemacht werden. Ihr Nachbar ohne Rückenschmerzen kann durchaus eine abgenutzte Wirbelsäule haben. Hingegen kann die Wirbelsäule einer schmerzgeplagten anderen Person völlig normal sein. Der alleinige Blick auf den körperlichen Zustand der Wirbelsäule ist deshalb unzureichend und die Konzentration auf ihre eventuellen Schäden führt nur selten zur Schmerzlinderung.

**Der neue Blickwinkel**

Am Anfang des Kapitels wurden Sie ermuntert, im Zusammenhang mit dem Thema „Rückenschmerzen" einen anderen Blickwinkel als bisher einzunehmen.

Nun werden Sie sich fragen, wohin soll denn mein Blick gehen, wenn nicht zur schmerzenden Wirbelsäule?

Erinnern Sie sich an eine wichtige Aufgabe der Wirbelsäule: die Bewegung. Bewegung ist der „Motor" für eine gesunde Wirbelsäule. Muskeln, Gelenke und Bandscheiben leben von der Bewegung. Somit lautet das einfache Motto: „Bleiben Sie möglichst körperlich aktiv, denken Sie nicht zu sehr an Schonung und Bettruhe." Legen Sie Ihre „krankheitsorientierte Brille" zur Seite und setzen Sie eine „gesundheitsorientierte Brille" auf.

Fragen Sie sich: Wie kann ich meine berufliche Tätigkeit trotz vorhandener Rückenprobleme vernünftig weiterführen? Welche Freizeitaktivitäten machen mir Spaß und steigern mein Wohlbefinden? Welcher Sport oder welche Hobbys helfen mir beim Stressabbau?

Ganz wichtig: Führen Sie sich vor Augen, welche Körperhaltungen Sie täglich einnehmen und ob diese nicht recht einseitig sind. Dabei hilft Ihnen die Rückenuhr. Mit ihr bekommen Sie einen Überblick und können gegebenenfalls für mehr Abwechslung sorgen.

Die Abbildung der Rückenuhr können Sie beliebig oft kopieren und die auf Ihre persönlichen Gewohnheiten zutreffenden Kästchen rund um die Uhr farbig markieren. So erhalten Sie ein Haltungs- und Bewegungsprotokoll.

**Plus- und Minuspunkte**

Im Folgenden dürfen Sie Ihr eigener Schiedsrichter sein: Stellen Sie mithilfe einer Liste von positiven und negativen Punkten fest, wie es um Ihre Rückengesundheit bestellt ist.

Vergeben Sie für alle Dinge, die Ihrem Rücken guttun, einen Pluspunkt. Womit haben Sie in der Vergangenheit persönlich gute Erfahrungen gemacht? Denken Sie an körperliche Aktivitäten, erlebnisreiche Urlaubstage oder einfach nur an eine wohltuende Massage. Einen Pluspunkt können Sie sich auch geben, wenn Sie mit der Kraft und Beweglichkeit Ihrer Muskeln zufrieden sind. Wie viele Pluspunkte kommen bei Ihnen zusammen?

Leider muss ein richtiger Schiedsrichter auch Minuspunkte verteilen. Welche Tätigkeiten oder Umstände haben in der Vergangenheit bei Ihnen Probleme mit dem Rücken ausgelöst? War es das stundenlange Sitzen im Auto, das schlechte Bett im Hotel oder der Stress am Arbeitsplatz? Ebenso sollten Sie Ihre Bewegungsfaulheit oder die schlechte Haltung mit einem Minus versehen.

Nun ziehen Sie Ihre Minuspunkte von den Pluspunkten ab. Bleiben bei Ihnen noch Pluspunkte übrig? Das Krankheitsbild „Rückenschmerzen“ kann mit diesem einfachen Gedankenspiel gut erklärt werden. Es gibt rückenentlastende Faktoren („Rücken-Plus-Punkte“) und rückenbelastende Faktoren („Rücken-Minus-Punkte“). Haben Sie auf Ihrem „Rückenkonto“ über längere Zeit einen Überschuss an „Minuspunkten“, so sind Sie eher rückenschmerzgefährdet.

## Rückenuhr

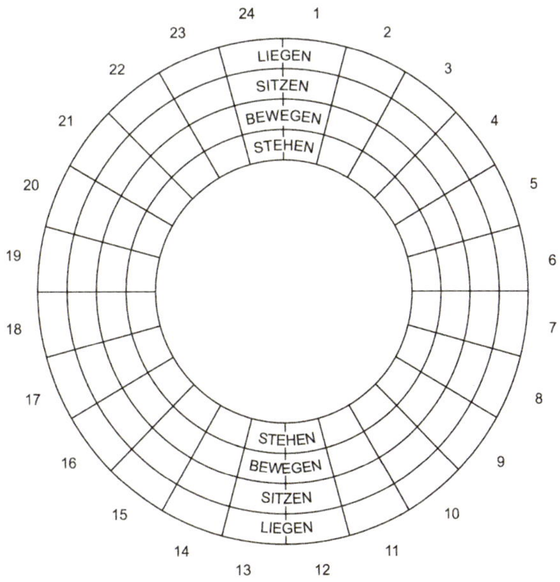

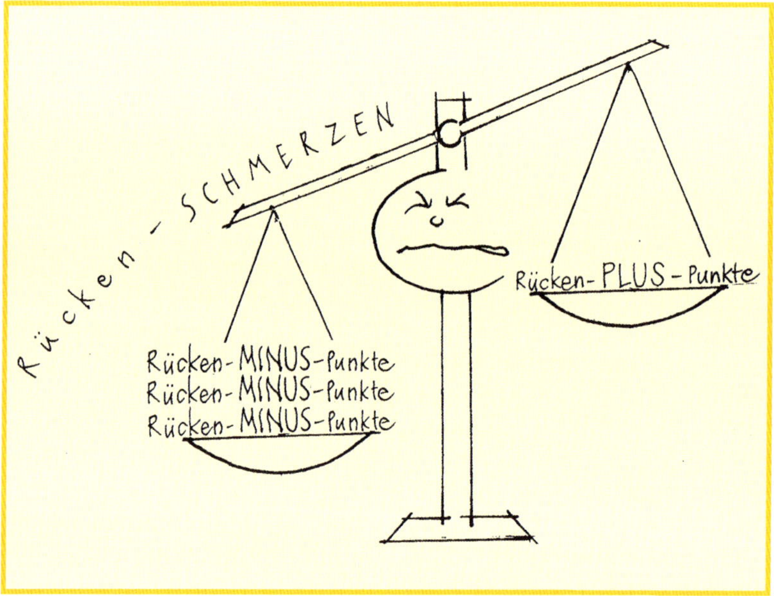


**Balance halten**
Das besondere Kunststück besteht darin, eine Balance zwischen den Pluspunkten und den Minuspunkten zu erzielen. Dieses Ausbalancieren kann Ihnen niemand abnehmen. Sie sollten persönlich versuchen, herauszufinden, was für Sie Pluspunkte und welches Minuspunkte sind. Die Balance zwischen beiden Bereichen entscheidet maßgeblich über das Entstehen und den Verlauf Ihrer Rückenschmerzen.
Jeder Mensch ist im Laufe seines Lebens rückenbelastenden Situationen ausgesetzt. Stress für den Rücken lässt sich nicht vermeiden. Nun ist aber besonders wichtig, darüber nachzudenken, wie Sie persönlich mit Rückenstress umgehen und wie Sie Rücken-Plus-Situationen als Entlastung nutzen können.

Ihre Wirbelsäule kann die vielfältigen Aufgaben nur erfüllen, wenn Sie langfristig für ein Gleichgewicht zwischen Belastung und Erholung sorgen, d. h. die Balance halten.

**Rückenschmerzen im neuen Gewand**
Ergänzt wird der neue Blickwinkel mit einer veränderten Einstellung zum Rückenschmerz. Rückenschmerzen sind selten ein Hinweis auf einen Rückenschaden, sondern eher ein Anstoß für notwendige Verhaltensveränderungen. Rückenschmerzen sind meist kein Drama, sondern gehören zum Leben wie der gelegentliche Schnupfen oder Husten. Ängstigen Sie sich nicht unnötig – Rückenschmerzen sind besonders gut zu heilen! Bevor näher auf die „Rücken-Plus-Punkte"

bzw. die „Rücken-Minus-Punkte“ eingegangen wird, lernen Sie in einem kleinen Überblick noch einige besondere Formen von Rückenschmerzen kennen.

## Arten von Rückenschmerzen

Die Vielfalt der Rückenschmerzen kann hinsichtlich ihrer Intensität, Häufigkeit und ihres Verlaufs sehr unterschiedlich sein.

Die Mediziner unterscheiden hierbei zwischen:

- akuten (weniger als 12 Wochen Dauer) und chronischen Rückenschmerzen,
- spezifischen und unspezifischen Schmerzen und den
- radikulären Schmerzen (= ausstrahlende Schmerzen) und nicht radikulären Schmerzen (= nicht ausstrahlende Schmerzen).

**Akute Rückenschmerzen**

Plötzlich ist er da – der Schmerz im Rücken. Vielleicht haben Sie schwere Möbelstücke getragen, viele Stunden angespannt vor dem PC verbracht, ungewöhnlich lange im Garten gearbeitet oder seit langer Zeit wieder einmal Fußball gespielt. Akute Rückenschmerzen treten häufig nach ungewohnten und anstrengenden körperlichen Belastungen bei der Arbeit, im Sport oder in der Freizeit auf. Sie sind vergleichbar mit dem unangenehmen Muskelkater in den Beinen nach einer Laufstrecke, die Sie seit längerer Zeit nicht mehr gelaufen sind.
Schmerzen werden „akut“ genannt, wenn sie mit einem konkreten Ereignis, Erlebnis oder auch mit einer akuten Erkrankung verknüpft sind. Ihre Dauer reicht von wenigen Sekunden bis zu einigen Tagen. Meistens entstehen diese akuten Schmerzen nicht auf-

Wiederkehrende (= rezidivierende) Rückenschmerzen sind akute Schmerzen, die nach einer schmerzfreien Phase von mindestens 6 Monaten wieder auftreten.

### Können Rückenschmerzen gemessen werden?

Natürlich können Rückenschmerzen nicht objektiv gemessen werden. Rückenschmerzen sind ein Gefühl, das im Gehirn eines Menschen entsteht und dieses Gefühl empfindet jede Person unterschiedlich. Sicherlich sind Ihnen Menschen bekannt, die sehr wehleidig wirken. Vielleicht aber auch Menschen, die Schmerzen grundsätzlich ignorieren.
Schmerzen werden je nach Person und Situation sehr unterschiedlich wahrgenommen. Somit sind auch Rückenschmerzen ein ganz persönliches Gefühl, was jeder unterschiedlich empfindet. Die Schmerzstärke steht in keinem direkten Zusammenhang mit der Ausprägung des Krankheitsbildes.

grund schwerwiegender Schädigungen an der Wirbelsäule.

Natürlich kann der Schmerz sehr unangenehm und beängstigend sein, aber die Erfahrungen zeigen, dass der Auslöser der Schmerzen oft harmlos ist. Nur selten ist die Ursache der be- und gefürchtete Bandscheibenvorfall. Trotzdem sollten Sie die akuten Schmerzen nicht einfach ignorieren. Der akute Schmerz hat eine wichtige Warn- und Schutzfunktion. Er will Ihnen anzeigen, dass Sie mit Ihrem Rücken nicht sorgsam genug umgegangen sind oder dass Sie sich momentan zu viel zugemutet haben. Das kann viele unterschiedliche Aspekte Ihrer körperlichen, psychischen und sozialen Verhaltensweisen betreffen.

Bei entsprechenden Verhaltensweisen verschwindet der akute Rückenschmerz mit sehr hoher Wahrscheinlichkeit wieder nach einigen Tagen oder spätestens nach wenigen Wochen. Über mehrere Wochen anhaltende akute Schmerzen können chronifizieren, d. h. der Schmerz dauert länger als drei Monate und kehrt immer wieder.

### Chronische Rückenschmerzen

Schmerzen bezeichnet man als chronisch, wenn sie in Intensität und Ausbreitung wechselhaft sind, aber in jedem Fall lang anhalten.

Gegenüber dem akuten Schmerzerlebnis stellen chronische Rückenschmerzen ein monate- oder jahrelanges Schmerzerleben und -erleiden dar. Sie können dabei an verschiedenen Tagen unterschiedlich intensiv wahrgenommen werden und auch an unterschiedlichen Rückenpartien auftreten, z. B. vom Hals- und Nackenbereich in die Kreuzregion „springen".

Während der akute Rückenschmerz für uns ein Alarmsignal aussendet, besitzt der chronische Rückenschmerz diese Schutz- und Warnfunktion nicht mehr. Er ist dann kein Hinweis mehr auf Probleme des Rückens, die durch geeignetes Verhalten behoben werden können. Der chronische Schmerz kann im Gehirn zu einem Schmerzgedächtnis führen und sich verselbstständigen. Das bedeutet, der Schmerz existiert eigentlich nur noch im Gehirn, wie ein Phantomschmerz.

Natürlich gibt es auch körperliche Erkrankungen, die immer wiederkehrende Schmerzen auslösen und somit zu chronischen Rückenschmerzen führen. Zu diesen Erkrankungen gehören beispielsweise. Rheuma, Osteoporose, Einengung des Rückenmarkkanals (Spinalkanalstenose), aber auch schwere Erkrankungen der inneren Organe, wie z. B. Magengeschwür, Nierenstein oder Lungenentzündung.

Die Ursachen für die chronisch werdenden Schmerzen liegen aber seltener im körperlichen Bereich, sondern stehen häufig in Zusammenhang mit der persönlichen Situation und den Lebensverhältnissen der Betroffenen. Eine große Rolle spielen dabei die individuelle psychische Grundstimmung, wie z. B. Ängste, Stress, Depression, aber auch Unzufriedenheit mit der familiären Situation oder dem Arbeitsplatz.

Natürlich können auch besondere Umstände – wie z. B. der drohende Verlust des Arbeitsplatzes – Angst erzeugen und für Rückenschmerz anfälliger machen.

**Der spezifische Rückenschmerz**

Rückenschmerz wird „spezifisch" genannt, wenn er durch eine Störung am „Komplex Wirbelsäule" verursacht ist, wie z. B.:

- eine Fehlstellung zweier oder mehrerer benachbarter Wirbelkörper, die durch Verklemmung oder Bewegungshemmung zu einer Blockierung führen;
- eine Fehlhaltung oder Überbelastung, durch die sich die Muskulatur verhärtet oder schmerzhaft wird;
- ein Unfall oder Sturz, der zu Wirbelsäulenverletzungen führt – mit Zerreißen der Bänder, Wirbelkörperbrüchen und Blutergüssen in der Rückenmuskulatur.

Spezifische Rückenschmerzen sind durch ärztliche Untersuchung erkennbar und beschreibbar. Auf der Grundlage einer präzisen Diagnose sind sie auch gezielt und erfolgreich behandelbar.

**Unspezifische Rückenschmerzen**

Bei diesen Schmerzen lassen sich an der Wirbelsäule keine krankhaften Veränderungen feststellen. Die Bandscheiben drücken vermutlich nicht auf die Nervenwurzeln, die Wirbelgelenke sind nicht entzündet und auch der Rücken-

Rückenschmerzen können von einer Vielzahl körperlicher Strukturen ausgehen, doch bleibt trotz Diagnose bei über 80 % der Patienten die genaue Ursache der Beschwerden unklar.

markkanal ist nicht eingeengt. Der Anteil der unspezifischen Rückenschmerzen an Rückenbeschwerden ist sehr hoch. Internationale Studien gehen davon aus, dass Rückenschmerzen in über 80 Prozent der Fälle unspezifisch sind. In diesen Fällen ist die Wirbelsäule nicht der Auslöser für Rückenschmerzen!

Mögliche Ursachen unspezifischer Schmerzen können auch andere Organerkrankungen oder Erkrankungen von Organsystemen sein. So können Bronchitis oder Lungenentzündung Schmerzen im Brustwirbelsäulenbereich verursachen. Eine chronische Darmreizung oder Nierenbeckenentzündung kann Schmerzen in der Lumbalwirbelsäule (Kreuz) zur Folge haben.

Unspezifisch ist häufig auch der Rückenschmerz nach einseitiger oder ungewohnter Belastung. Die Rückenmuskulatur kann durch ein Wochenende Gartenarbeit oder übertriebenen Sport überfordert werden. Eine Unterforderung der Muskulatur, wie z. B. langes, monotones Sitzen am Arbeitsplatz, lange Autofahrten oder ein in ungünstiger Haltung vor dem Fernseher verbrachter Regentag, können ebenso Schmerzen auslösen.

Gleichfalls ist ein plötzlicher unspezifischer Rückenschmerz denkbar nach einem anstrengenden und besonders unangenehmen Arbeitstag, nach Stresssituationen und auch nach einem persönlichen Konflikt. Der Ärger schlägt sich im Rücken nieder, man „kriegt was auf den Buckel". Häufig fühlt man sich dann angespannt oder verspannt.

Unspezifischer Rückenschmerz ist zwar unangenehm, meist unter körperlichen Gesichtspunkten jedoch völlig harmlos. Eher selten ist dies das erste Alarmzeichen für Erkrankungen der Wirbelsäule, des Nervensystems oder innerer Organe.

**Ausstrahlende Schmerzen**

Die sogenannten radikulären Schmerzen sind ausstrahlende Schmerzen, die nicht nur im Rücken empfunden werden, sondern in das Gesäß, in die Beine oder in die Arme ziehen. Dazu zählt auch der bekannte Ischiasschmerz der durch eine Reizung des Ischiasnervs entsteht.

Der Ischiasnerv ist die Bündelung der Nervenwurzeln aus der Lendenwirbelsäule. Er zieht beidseitig rechts und links durch das Gesäß in die Beine. Nervenreizerscheinungen wie der Ischiasschmerz enstehen in der Hauptsache durch Einklemmung, Kompression oder lokalen Druck im Bereich der Wirbelsäule oder gelegentlich an anderen Engstellen des Körpers.

Von der Halswirbelsäule, dem oberen Rücken kann Schmerz in die Schultern und Arme ausstrahlen. Für diese Schmerzen sind die austretenden Nerven, die sogenannten Spinalnerven an der Wirbelsäule verantwortlich. Die Spinalnerven werden durch die Wirbelkörper, Bandscheiben oder Muskeln der Wirbelsäule an ihren Austrittsstellen aus dem Rückenmark eingeklemmt.

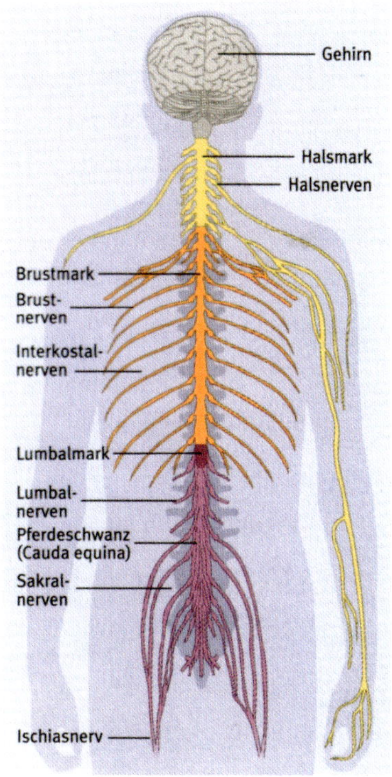


Der typische ausstrahlende Schmerz entsteht beim akuten Bandscheibenvorfall. Hierbei drückt das Bandscheibengewebe massiv auf eine Nervenwurzel. Ebenso können andere akute Störungen an der Wirbelsäule ausstrahlende Schmerzen provozieren. Dazu gehört auch der klassische „Hexenschuss". Er zieht blitzartig, heftig und stechend vom Rücken durch die Beine bis in den Fuß. Im schlimmsten Fall können hierbei Gefühlsstörungen und Lähmungen auftreten: Die Hautoberfläche wird taub, die Zehen „schlafen ein" oder die Kraft im Bein lässt nach. Dann ist sofortige ärztliche Hilfe notwendig.

**Nicht ausstrahlende Schmerzen**

Nicht ausstrahlende Schmerzen sind wesentlich häufiger als radikuläre. Sie sind dumpf, tief sitzend und die Schmerzstelle kann oft nicht genau beschrieben werden. Nicht ausstrahlende Schmerzen können von den Bandscheiben, den Wirbelgelenken und den Muskeln im Bereich der Wirbelsäule und des Beckens ausgelöst werden.

Der typische Kreuzschmerz, welcher im unteren Rücken empfunden wird, ist normalerweise ein nicht radikulärer Schmerz. Seine genauen Ursachen bleiben oft im Verborgenen, da sie sehr vielfältig sind.

## Wichtige Warnzeichen

Sie sehen: Den Rückenschmerz gibt es eigentlich gar nicht. Die Ursachen, das Auftreten und auch die Art des Schmerzes können sehr unterschiedlich sein. Viele körperliche Strukturen spielen dabei eine wichtige Rolle. Aber auch die psychischen Aspekte eines Menschen, wie z. B. Stress, Angst und Depressionen.

Eine hilfreiche Orientierung beim Umgang mit Rückenschmerzen sind sogenannte „red flags", also „rote Warnsignale", die Sie unbedingt beachten sollten.

Folgende Erscheinungen sind solche „red flags":

- Schmerzen nach einem Unfall
- Schmerzen in Verbindung mit Fieber, mit einer Infektionskrankheit oder mit Rheuma
- Taubheitsgefühl an einem Bein, einseitige Muskelschwäche

oder Lähmung, Kontrollverlust über Blasen- und Darmfunktion, einseitiger Beinschmerz größer als Rückenschmerz
- Größerer Gewichtsverlust ohne bekannte Ursache
- Verschlechterter Allgemeinzustand mit Schwäche und Unwohlsein, insbesondere in Verbindung mit einer vorangegangenen Tumorerkrankung in anderen Organen
- Gehäufte Knochenbrüche im fortgeschrittenen Alter, vor allem bei Frauen

Sollten Ihre Rückenschmerzen mit einem oder mehreren dieser Warnzeichen einhergehen, so wenden Sie sich damit an Ihren behandelnden Arzt. In den meisten Fällen werden Sie eine beruhigende Antwort erhalten. Falls erforderlich, werden weitere medizinische Untersuchungen und Behandlungen von Ihrem Arzt veranlasst.

Gemessen an der Häufigkeit von Rückenschmerzen sind ernsthafte Erkrankungen der Wirbelsäule als Ursache sehr selten.

Fast jeder wird im Laufe seines Lebens einmal an Rückenschmerzen leiden. Sie sind auch als Hexenschuss, Ischias oder Lumbago bekannt. Gewöhnlich sind sie harmlos und müssen kein Grund zur Sorge sein. Auch starke Beschwerden müssen nicht unbedingt auf einen ernsthaften Schaden im Rücken hinweisen.

## Kernaussagen des ersten Kapitels

- Die Wirbelsäule ist ein Wunderwerk der Natur, da sie zusätzlich zu den Bewegungsaufgaben gleichzeitig die Stabilität und den Schutz für lebenswichtige Organe übernimmt.
- Die Wirbelsäule ist ein biologisches, also ein lebendes System. Dieses System funktioniert nur so gut, wie wir im Beruf und in der Freizeit damit umgehen. Die wohldosierten Belastungsreize entscheiden auch über den Gesundheitszustand unserer Wirbelsäule.
- Die Wirbelsäule unterliegt einem natürlichen Alterungsprozess. Ihre Belastbarkeit und Beweglichkeit nimmt mit zunehmendem Alter kontinuierlich ab. Dieser Prozess ist normal und hat selten mit einer Rückenerkrankung zu tun.
- Die Balance zwischen rückenentlastenden Faktoren (Rücken-Plus-Punkte) und rückenbelastenden Faktoren (Rücken-Minus-Punkte) ist für das Entstehen und den Verlauf der Rückenschmerzen besonders wichtig.
- Akute Rückenschmerzen sind zeitlich begrenzt und haben eine wichtige Warn- und Schutzfunktion. Diese Schmerzen haben oft eindeutige Ursachen und verschwinden meist innerhalb weniger Wochen.
- Chronische Rückenschmerzen sind lang andauernd und wiederkehrend. Sie haben häufig keine körperlichen Ursachen, sondern können durch ein Schmerzgedächtnis im Gehirn entstehen. Bei lang andauernden Schmerzen sind oft die psychische Verfassung und die Lebensumstände der Betroffenen an der Entstehung des Rückenschmerzes beteiligt.

# Ursachen und Risikofaktoren

**In diesem Kapitel erhalten Sie wichtige Informationen über die Gründe der „Volkskrankheit" Rückenschmerzen. Warum bereitet der Rücken so vielen Personen im Laufe ihres Lebens Probleme? Sind Rückenschmerzen erblich bedingt, von der Körpergröße, der Muskelkraft oder dem Alter abhängig?**
**Falls Sie Probleme mit Ihrem Rücken haben, können Sie nun nach möglichen Ursachen Ihrer Beschwerden forschen.**

## Der rückenunfreundliche Alltag

Den Begriff „Rücken-Minus-Punkte" haben Sie bereits kennengelernt. Darunter werden alle Dinge verstanden, die Ihren Rücken schwächen können. Nun ist es für Sie sicherlich besonders interessant herauszufinden, welche Rücken-Minus-Punkte Ihre Rückengesundheit stören können.
Anhand der Beschreibung des Tagesablaufs eines typischen Arbeitnehmers in unserer Gesellschaft wird im Folgenden verdeutlicht, welche Ursachen und Risikofaktoren Rückenschmerzen auslösen können.

Herr Walter verlässt um 7.30 Uhr morgens das Haus und steigt in sein Auto. Obwohl die Fahrstrecke nur vier Kilometer lang ist, benötigt er wegen des dichten Morgenverkehrs eine knappe halbe Stunde. Das Auto parkt er in der Tiefgarage seiner Behörde. Für den Weg in den 2. Stock be-

nutzt Herr Walter den Fahrstuhl. Nach zehn Metern Fußweg erreicht er sein Büro.
Herr Walter ist Sachbearbeiter in einer Finanzbehörde. Auf seinem Schreibtisch liegt ein hoher Stapel von noch zu bearbeitenden Fällen. Herr Walter beginnt um 8.00 Uhr seine Büroarbeit. Nach zwei Stunden legt er eine Zigarettenpause ein und trinkt eine Tasse Kaffee. Danach sitzt er bis 13.00 Uhr ununterbrochen an seinem Arbeitsplatz. Nun hat er noch eine halbe Stunde Zeit für das Mittagessen, denn um 13.30 Uhr schließt die Kantine.
Vom Essen – Wiener Schnitzel mit Pommes – ermüdet, setzt Herr Walter seine Arbeit fort. Um 15.00 Uhr wird er zum Abteilungsleiter gebeten. Dieser beklagt die zahlreichen, noch unbearbeiteten Fälle von Herrn Walter. Mit Wut im Bauch arbeitet dieser heute – wie in den letzten Wochen auch – eine Stunde länger. Die konzentrierte Arbeit fällt ihm zunehmend schwerer, da seit der Schelte des Abteilungsleiters seine Nackenmuskeln verspannt sind und wie so oft auch heute Kopfschmerzen auslösen. Das Schlucken einer Kopfschmerztablette verschafft ihm keine wesentliche Linderung.
Um 18.00 Uhr verlässt Herr Walter mit seinem Auto die Behörde, erledigt noch einige Einkäufe und ist um 19.00 Uhr zu Hause. Er bereitet sich zwei Wurstbrötchen und nimmt eine Flasche Bier aus dem Kühlschrank. Anschließend legt er sich auf das Sofa, isst und sieht dabei fern. Um 21.00 Uhr, früher als seine Frau, geht er völlig erschöpft ins Bett. Gegen 1.00 Uhr wacht er auf und kann bis 4.00 Uhr nicht mehr einschlafen. Beim Versuch, am Morgen aus dem Bett zu steigen, bekommt er heftige Rückenschmerzen und bleibt im Bett liegen.

Bewegung ist Leben und Leben ist Bewegung. Wir brauchen die Bewegung, um gesund zu leben. Unser Körper muss ständig in Bewegung bleiben, wenn er nichts von seiner Funktionsfähigkeit einbüßen soll.

## Die Ursachen sind zahlreich

Im Tagesablauf von Herrn Walter stecken viele „Rücken-Minus-Punkte“. Testen Sie mal: Welche haben Sie entdeckt?

### Bewegungsmangel

Herr Walter fährt mit dem Auto zur Arbeit, benutzt den Fahrstuhl, sitzt stundenlang bewegungsarm auf dem Bürostuhl und liegt abends vor dem Fernseher. Bewegungsmangel schwächt die Muskulatur und schädigt langfristig die Gelenke. Denn die Wirbelsäule ist ein Bewegungsorgan und fehlende Bewegung führt zum Verlust ihrer Funktionen.
Nun fragen Sie sich einmal ehrlich: Wie gern bewegen Sie sich?

Steigen Sie sogar für kurze Strecken in Ihr Auto? Benutzen Sie Rolltreppen oder Fahrstühle? Bleiben Sie stundenlang auf Ihrem Arbeitsstuhl sitzen? Liegen oder sitzen Sie viel vor dem Fernsehapparat?

## Bewegungsmonotonie

Herr Walter leidet nicht nur unter zu geringer Bewegung, sondern auch unter zu wenig Abwechslung in seinem Bewegungsverhalten. Auch wenn er einmal eine längere Strecke zu Fuß zurücklegen würde, mangelte es ihm an der Bewegungsvielfalt.

Die Wirbelsäule des Menschen kann sich sehr variationsreich bewegen. Sie ist nicht nur für das Sitzen, das Stehen oder das Bücken gebaut, sondern für alle möglichen Bewegungen. Wird sie jedoch nur einseitig belastet, verschleißen die Bandscheiben und Wirbelgelenke frühzeitig.
Einseitige Bewegungen stärken auch die Muskulatur einseitig. Die Folge ist ein ungünstiges Gleichgewicht zwischen den einzelnen Muskelgruppen. So trainieren z. B. Kranken- oder Altenpfleger, die sich im Beruf häufig nach vorn beugen müssen, zwar die Rückenmuskeln aber weniger die Bauchmuskeln. Und wer in der Freizeit viel joggt, trainiert zwar seine Beinmuskeln, aber nicht seine Armmuskeln.

Und Sie selbst? Wie oft ändern Sie im Laufe des Tages Ihre Körperhaltung und Ihre Bewegungsgewohnheiten? Welche Bewegungen führen Sie während der Arbeit oder in der Freizeit über Monate und Jahre immer wieder aus?

## Arbeitsunzufriedenheit

Glauben Sie, dass Herr Walter mit seiner Arbeit zufrieden ist? Falls die geschilderte hohe Arbeitsbelastung und die Kritik des Vorgesetzen zum Arbeitsalltag gehören, bereitet ihm seine Arbeit sicherlich nicht viel Zufriedenheit.
Ungünstige Arbeitsbedingungen sind wichtige „Rücken-Minus-Punkte". Dazu zählen:

- hohe Arbeitsdichte,
- Zeitdruck,
- monotone Tätigkeit,
- mangelnde Wertschätzung der Arbeit – wenig Lob,
- schlechte Bezahlung,
- unpassendes Führungsverhalten – viel Kritik,
- schlechtes Betriebsklima oder eingeschränkte Handlungsfreiheit.

Mangelnde Zufriedenheit am Arbeitsplatz macht es auch schwerer, eine gute Körperhaltung einzunehmen (man sackt in sich zusammen, wenn man frustriert ist) oder Ausgleichsübungen durch-

Alle Faktoren, die Ihre Arbeitszufriedenheit negativ beeinflussen, spielen bei der Entwicklung chronischer Rückenschmerzen eine wesentliche Rolle.

zuführen. Die unbefriedigende Arbeit beeinflusst ebenso das Freizeitverhalten. Wenn man Kummer hat und unzufrieden ist, hat man oft keine Lust mehr, sich nach der Arbeit noch sportlich zu betätigen.

Besonders auffallend ist die Tatsache, dass sich Personen mit geringer Arbeitszufriedenheit bei Rückenbeschwerden viel eher krankschreiben lassen, als diejenigen, die mit ihrer Arbeit zufrieden sind. Eine Krankschreibung, die zu körperlicher Passivität führt, ist für den Krankheitsverlauf aber ungünstig.

Herr Walter wird sich vermutlich nicht besonders anstrengen, seine Rückenschmerzen zu überwinden. Nach den schlechten Erfahrungen des Vortages wird er sich höchstwahrscheinlich für einen oder mehrere Tage Bettruhe entscheiden. Allerdings ist Bettruhe meistens nicht dazu geeignet, akute Rückenprobleme wieder loszuwerden.

Führungskräfte tragen eine besondere Verantwortung für das Arbeitsklima, die Arbeitsbedingungen und die Arbeitszufriedenheit. Ihr Verhalten beeinflusst maßgeblich auch die Rückengesundheit der Mitarbeiter.

Und wie sieht es bei Ihnen aus? Wie zufrieden sind Sie mit Ihrem Arbeitsplatz oder Ihrer Haupttätigkeit?

## Lang anhaltender Stress

Herr Walter erlebte bereits am Morgen den ersten Stress im dichten Straßenverkehr. Weitere Stresssituationen folgten durch die hohe Arbeitsbelastung. Seine Schlafstörungen in der folgenden

Nacht können durch zu viel Stress verursacht worden sein.

Stress kann ganz unterschiedlich aussehen: Hitze, Kälte, Lärm, Hektik, Schichtarbeit, Zeitmangel, Informationsflut, körperliche Anstrengung oder Konflikte.
Stress gibt es schon so lange wie es Menschen gibt und dieser Zustand erfüllt eine zentrale Aufgabe: Durch ihn hat der menschliche Organismus die Möglichkeit, mit für ihn lebensgefährlichen Situationen umzugehen. Denken Sie nur an das Beispiel mit dem angreifenden Raubtier: Unsere Vorfahren konnten diese Gefahr nur meistern, indem sich sekundenschnell alle wichtigen Körperfunktionen auf die Verteidigung einstellten. Bei Gefahr erhöht sich die Muskelspannung, das Herz schlägt schneller und der Blutdruck steigt. Nach der erfolgreichen Gefahrenabwehr durch Kampf oder Flucht konnte sich der Mensch dann wieder erholen. Bei seiner körperlichen Reaktion auf die Gefahr wurden die vom Körper bereitgestellten Stresshormone wieder abgebaut.
Heute müssen wir uns zwar nicht mehr mit Raubtieren auseinandersetzen, trotzdem lauern in der modernen Gesellschaft viele andere „Gefahren" (Stressauslöser oder „Stressoren") auf uns. Und im Gegensatz zu unseren Vorfahren können wir Stress durch Gefahr oder Ärger nicht direkt durch Bewegung abbauen. Wenn wir Ärger mit dem Chef haben, dann können wir uns weder mit ihm prügeln noch einfach vor der Situation davonlaufen. Umso wichtiger ist der Abbau von Stress durch regelmäßige Bewegung im Alltag und in der Freizeit.
Stress ist aber nicht gleich Stress. Gelegentlicher Stress gehört zum Leben dazu und macht nicht krank, sondern kann sich auch positiv auswirken. Man erlebt die erhöhte Anforderung eher als Herausforderung, der man sich durchaus gewachsen fühlt. Man spricht dann von positivem Stress oder „Eustress".
Hält der Stress jedoch über Tage, Wochen oder Monate an und wird die erhöhte Anforderung als belastend empfunden, so spricht man von negativem Stress oder „Disstress". Die Spannung in der Muskulatur erhöht sich und wird zum Dauerzustand. Verspannte Muskeln sind aber schlechter durchblutet, sie verlieren ihre Geschmeidigkeit und beginnen zu schmerzen.
Darüber hinaus belasten verspannte Rückenmuskeln zusätzlich die Bandscheiben und die Wirbelgelenke. Erhöhte Muskelverspannungen – ausgelöst durch Stress – können somit auch Rückenschmerzen verursachen.

Kennen Sie das auch? Welche Situationen sind für Sie stressig? Denken Sie an Ihre Arbeit, aber

Mit „Stress" wird zumeist alles bezeichnet, was als belastend empfunden wird. Stress ist der Prozess, der beim Menschen von bestimmten Reizen ausgelöst wird, die als Stressoren bezeichnet werden.

auch an zwischenmenschliche Beziehungen oder an die Gestaltung Ihrer Freizeit. Auch schöne Ereignisse wie z. B. Besuch von Freunden oder Familie können stressig sein. Das liegt dann oft an uns selbst, weil wir zu hohe Ansprüche an uns selbst stellen und alles perfekt organisieren wollen. Wie bauen Sie Ihren Stress ab? Hatten Sie auch schon einmal stressbedingte Rücken-, Schulter- und Nackenverspannungen?

## Körperliche Belastungen

Herr Walter übt eine Bürotätigkeit aus, die durch stundenlanges Sitzen gekennzeichnet ist. Dabei müssen seine Muskeln vorwiegend statische Haltearbeit leisten, was sie auf Dauer überfordert und zu Verspannungen führt.
Es gibt aber auch zahlreiche Berufe, in denen sich die Menschen viel bewegen und körperlich anstrengende Arbeiten verrichten müssen. Die Erfahrungen zeigen, dass häufiges Heben, Tragen, Schieben und Ziehen von Lasten auffällig oft Rückenbeschwerden auslösen kann. Diesen besonderen Belastungen sind z. B. Kranken- und Altenpfleger, Bauarbeiter und Mitarbeiter im Gepäckdienst ausgesetzt.
Aber auch hohe Belastungen im Leistungssport, wie z. B. Turnen, Tennis, Skifahren oder Gewichtheben, können auf Dauer die Wirbelsäule schädigen.

Die Wirbelsäule lässt sich nicht alles gefallen. Zu viel, zu oft, zu schnell – das sind die Fehler im Alltag und beim Sport, die am häufigsten zu Beschwerden führen.

Und Sie? Wie stark haben Sie in der Vergangenheit Ihren Rücken strapaziert? Mussten Sie vielleicht schon in Ihrer Jugend schwer heben? Haben Sie sich beim Bau Ihres Hauses körperlich stark belastet? Wie oft hat sich nach dem Sport Ihr Rücken bemerkbar gemacht? Achten Sie so oft wie möglich auf rückenfreundliche Körperhaltungen und rückenschonende Bewegungen?

## Rauchen

Herr Walter ist Raucher und dafür bekommt er einen weiteren Rücken-Minus-Punkt. Denn auch Rauchen belastet die Wirbelsäule. Bei Rauchern sind die Blutgefäße verengt und die Nährstoffe werden deshalb nur unzureichend zu den Bandscheiben transportiert. Die demzufolge „unterernährten" Bandscheiben verschleißen schneller und es können Rückenschmerzen entstehen.

## Übergewicht und Fehlernährung

„Wiener Schnitzel mit Pommes" – falls Herr Walter eine Vorliebe für diese Art von Gerichten hat und sein Bewegungsmangel immer so ausgeprägt ist wie an dem geschilderten Tag, ist davon auszu-

gehen, dass Herr Walter einige Kilogramm Körpergewicht zu viel mit sich herumschleppt.
Übergewicht drückt auf die Knie- und Hüftgelenke und natürlich auch auf die Bandscheiben. Überschüssige Pfunde nehmen außerdem die Freude an der regelmäßigen körperlichen Aktivität und verringern die Bereitschaft, in der Freizeit Ausgleichssport zu betreiben.

Die Wirbelsäule leidet aber nicht nur unter einem hohen Körpergewicht. Die Rückengesundheit wird auch von den allgemeinen Ernährungs- und Trinkgewohnheiten eines Menschen beeinflusst. Eine ausgewogene Ernährung fördert nicht nur die Knochengesundheit, sondern steigert auch die Leistungsfähigkeit der Muskulatur und der Gelenke.

Mal ehrlich: Wie ernähren Sie sich? Essen Sie häufiger mehr als Sie benötigen? Gehen Sie aus Zeitmangel öfter in ein Fast-Food-Restaurant oder lassen Sie sich das Essen gleich nach Hause bringen? Ist Ihnen bewusst, dass ein Zuviel an Kalorien auch aus Getränken wie Säften, Limonaden, Colagetränken und vor allem Alkohol stammen kann?

## Depressive Stimmung

Falls Herr Walter häufiger so wenig Freude während der Arbeit

und in seiner Freizeit erfährt wie an dem geschilderten Tag, ist seine allgemeine Stimmung sicherlich nicht besonders positiv und zuversichtlich.
Dauerhaft schlechte Stimmung kann auch negative Folgen für den Rücken haben. Wer wenig Antriebskraft verspürt, meidet die

Wenn Sie in schlechter Stimmung sind und bei Ihnen negative, hoffnungslose Gedanken vorherrschen, so wirkt sich dies auf ihr Schmerzerleben aus. Sie empfinden dann die Schmerzen stärker, als sie es tatsächlich sind.

körperliche Aktivität und lässt sich auch nicht für den Ausgleichssport begeistern.
Wer sich niedergeschlagen fühlt und „den Kopf hängen lässt", hat auch eine eher schlechte Körperhaltung. Wenig Arbeitsfreude, Bewegungsmangel, schlechte Ernährung und fehlende positive Erlebnisse in der Familie oder mit Freunden fördern die depressive Stimmung eines Menschen.

Wie schätzen Sie Ihre eigene allgemeine Grundstimmung ein? Sind Sie ein eher positiv oder negativ denkender Mensch? Denken Sie mit Freude und Zuversicht an den nächsten Tag oder werden Ihre Gedanken von Ängsten, Sorgen und Bedenken beherrscht?

## Einstellung zum Schmerz

Herr Walter bekommt beim Versuch, morgens aus dem Bett zu steigen, Rückenschmerzen. In dieser Situation ist es für seine Schmerzlinderung besonders wichtig, wie er mit dem Schmerz umgeht.
Denkt er an eine starke Verletzung seines Rückens oder sogar an einen bösartigen Tumor? Ist er nun seiner Meinung nach für mehrere Tage oder Wochen an das Bett gefesselt? Befürchtet er vielleicht, an der Bandscheibe operiert werden zu müssen?

Ein übertriebenes und unangemessenes Dramatisieren der Beschwerden und Angst vor Schmerzen können die Genesung beeinträchtigen. Natürlich sollte Herr Walter die Beschwerden nicht einfach ignorieren. Auf jeden Fall ist es aber höchste Zeit, dass er über seinen Lebensstil nachdenkt und die Ursachen für seine Schmerzen nicht nur bei seinen Bandscheiben sieht.
So ist gelegentlicher Rückenschmerz kein Drama und verschwindet meist von allein. Es handelt sich dabei um ein Warnsignal des Körpers, eine Aufforderung, das eigene Wohlbefinden wieder ins Gleichgewicht zu bringen. Auf keinen Fall soll der Schmerz zur Vermeidung körperlicher Aktivität (= „Angst-Vermeidungs-Verhalten") führen.
Entscheidend für den Umgang mit Schmerzen ist die innere Überzeugung, die Rückenschmerzen selbst beeinflussen zu können.

Welche Einstellung haben Sie zu Ihren gelegentlich auftretenden Rückenschmerzen? Werden Sie ängstlich und meiden jegliche Bewegung oder bleiben Sie locker und aktiv?

## Körperliche Voraussetzungen

Jeder Mensch hat andere körperliche Voraussetzungen. Sie erge-

ben sich aus seinen Erbanlagen, den Umweltbedingungen und seinem Verhalten. Die Erbfaktoren bestimmen zum großen Teil die Körpergröße, die Eigenschaften der Muskulatur, die Qualität des Bindegewebes und das Auftreten von Erkrankungen.
Die folgenden individuellen körperlichen Voraussetzungen können einen Einfluss auf Rückenschmerzen haben:
**Körpergröße:** Sehr große Menschen haben in der Regel mehr Rückenprobleme als kleine Menschen. Die Lendenwirbelsäule wird bei ihnen stärker belastet. Häufig müssen sich größere Menschen „klein machen", weil z. B. die Türen einfach zu niedrig sind oder sie nicht so groß aussehen möchten.
**Wirbelsäulenschwingung:** Bei manchen Menschen weicht die Krümmung der Wirbelsäule vom Normalmaß ab. Menschen mit einem angeborenen Hohlkreuz, Rundrücken, Flachrücken oder einer Seitverbiegung der Wirbelsäule (Skoliose) neigen eher zu Rückenschmerzen.
**Verschleißerscheinungen:** Unabhängig vom Alter können bereits junge Erwachsene, aber eben auch ältere Menschen Abnutzungserscheinungen an der Wirbelsäule haben.
**Bereits erlebte Rückenschmerzen:** Wer in der Vergangenheit schon einmal unter Rückenschmerzen gelitten hat, besitzt eine höhere Wahrscheinlichkeit, in Zukunft wiederholt an Rückenschmerzen zu erkranken.

Und wie sind Ihre körperlichen Voraussetzungen? Haben Sie bezüglich Ihrer Rückenbeschwerden schon einmal über den Zusammenhang zwischen Körpergröße und Körperhaltung nachgedacht? Bestehen an Ihrer Wirbelsäule vielleicht schon Verschleißerscheinungen? Hatten Sie schon öfter Rückenschmerzattacken?

Skoliose kommt aus dem Griechischen: „skolios" = krumm.

## Ergonomische Verhältnisse

Wir wissen nicht, wie ergonomisch der Autositz, der Bürostuhl, das Sofa und wie rückenfreundlich das Bett von Herrn Walter gestaltet sind. Diese Umstände üben aber alle einen Einfluss auf die Rückengesundheit aus.
Sicherlich haben Sie auch schon einmal die Erfahrung gemacht, dass ein fremdes Bett im Urlaub zu unangenehmen Nacken- und Rückenverspannungen führen kann. Ebenso lässt ein schlecht eingestellter Bürostuhl die Büroarbeit im Sitzen zur Qual werden und eine zu niedrige Arbeitshöhe in der Küche verdirbt den Spaß am Kochen.
Wie hoch schätzen Sie die ergonomische Qualität Ihres Autositzes, Ihres Sofas, Ihres Fahrrades oder Ihres Bettes ein?

Der Begriff „ergonomisch“ kommt aus dem Griechischen. Er setzt sich zusammen aus „ergon“ = Arbeit und „nomos“ = Gesetz, Regel. Gemeint ist die beste wechselseitige Anpassung zwischen dem Menschen und seinen Arbeitsbedingungen.

## Richtig im Bett liegen

Wenn Sie auf dem Rücken liegen
- sollte sich die Wirbelsäule in ihrer natürlichen Form befinden.
- sollte die Lendenwirbelsäule durch die Matratze ausreichend gestützt werden.
- sollte die Halswirbelsäule durch das Kopfkissen ausreichend gestützt werden.

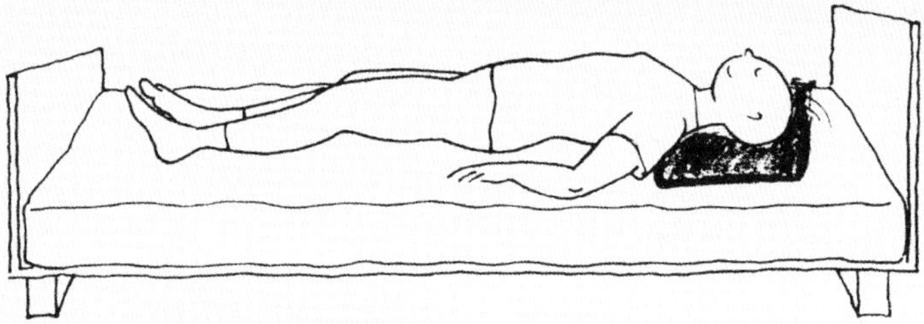

Wenn Sie auf der Seite liegen
- sollte die Wirbelsäule (von hinten betrachtet) gerade sein.
- sollten das Becken und die Schulter etwas in die Matratze einsinken.
- sollte die Lendenwirbelsäule durch die Matratze ausreichend gestützt werden.
- Sollte das Kopfkissen das Dreieck zwischen Schulter und Kopf ausfüllen.

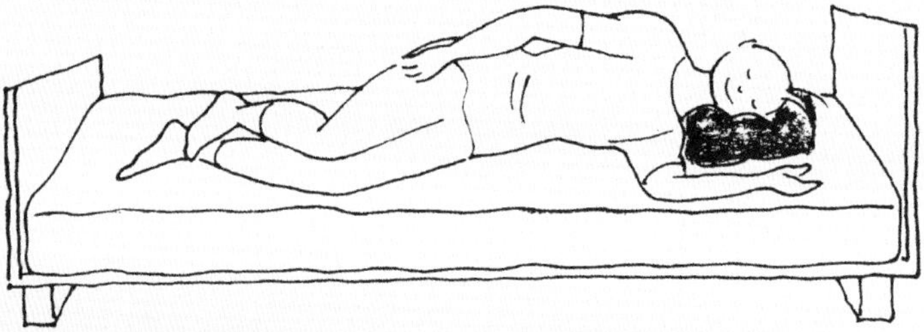

Beachten Sie außerdem:
- Matratze und Lattenrost sollten in Härtegrad und Einstellung individuell Ihrem Körper angepasst sein.
- Auf dem Bauch sollten Sie möglichst selten liegen, da Hals- und Lendenwirbelsäule dadurch besonders belastet werden.
- Zusätzlich zum Kopfkissen sollten Sie mehrere kleine Kissen verwenden, um damit z. B. Knie, Lendenwirbelsäule oder Arme zu unterstützen.

# Auf die Summe kommt es an!

Wie Sie sehen, gibt es zahlreiche Dinge, die Rückenschmerzen auslösen können. Wenige „Rücken-Minus-Punkte" können Ihrem Rücken höchstwahrscheinlich nichts antun. Treten sie jedoch gehäuft auf, müssen Sie mit Rückenschmerzen rechnen.

Wie stark sich ein „Rücken-Minus-Punkt" auf Ihren Rücken auswirkt, ist individuell sehr unterschiedlich. Konzentrieren Sie sich beim Herausfinden der Ursachen Ihrer Rückenschmerzen deshalb nicht nur auf eine Sache, sondern bewahren Sie einen „weiten Blick". Berücksichtigen Sie die Umstände an Ihrem Arbeitsplatz, in Ihrer Familie und nehmen Sie Rücksicht auf Ihre individuellen körperlichen Voraussetzungen.

Ängstigen Sie sich auf keinen Fall, falls Sie einige unvermeidbare Rücken-Minus-Punkte bei sich erkennen, sondern erinnern Sie sich an die Rückenschmerzwaage: Rücken-Minus-Punkte können erfreulicherweise ausgeglichen werden. Denn es gibt ja noch die Rücken-Plus-Punkte. Wie Sie diese sammeln können, erfahren Sie im nächsten Kapitel.

Grundsätzlich kann Ihr Rücken Belastungen schon mal verkraften, aber bringen Sie „das Fass nicht zum Überlaufen".

## Das begünstigt Rückenschmerzen

**Körperliche Faktoren**

- schwache Rumpfmuskeln
- überdurchschnittliche Körpergröße
- zu hohes Körpergewicht
- Fehlformen, Verschleiß oder Erkrankungen der Wirbelsäule
- familiäre genetische Veranlagung

**Psychische Faktoren**

- länger andauernder Stress
- Ängste und Sorgen
- Angst-Vermeidungs-Verhalten (siehe Seite 38)
- persönliche Einstellung zu Schmerzen

**Soziale Faktoren**

- angespannte familiäre Situation
- mangelnder sozialer Rückhalt
- ungünstiges soziales Umfeld
- passives Freizeitverhalten

**Äußere Faktoren**

- Unzufriedenheit am Arbeitsplatz
- schlechte Ergonomie am Arbeitsplatz
- Über- und Unterforderung am Arbeitsplatz
- Überforderung beim Sport
- Rauchen

# Was kann ich vorbeugend tun?

**Sie erfuhren im letzten Kapitel, wie unterschiedlich die Ursachen für Rückenschmerzen sein können. Meistens verändern Menschen ihr Verhalten erst, wenn sie von starken Schmerzen geplagt werden. Oftmals sind sie erst nach einer qualvollen Schmerzattacke bereit, das rückenfreundliche Heben und Tragen von Lasten zu erlernen, z. B. in einer Rehaklinik.**
**So unvernünftig sollten Sie nicht sein! Sie können durch vorbeugende, rückenfreundliche Verhaltensweisen die Gefahr von schwerwiegenden Rückenschmerzen erheblich reduzieren.**

## Den Körper kennenlernen

Ihr Körper ist mit vielen Millionen Messfühlern, in Form von Sinneszellen, ausgestattet. Diese Messfühler geben Ihrem Gehirn wichtige Informationen über den Zustand der Muskeln, der Gelenke, der Sehnen und der Haut.
Die Fußsohle ist beispielsweise besonders empfindlich. Sie können mit nackten Füßen unterschiedliche Materialien wie Steine, Muscheln, Stoffe, Gras oder Baumrinde leicht ertasten.
Haben Sie als Kind auch die Schreib- und Zahlenspiele auf dem Rücken kennengelernt? Bei diesem Spiel schreibt ein Partner Wörter oder Zahlen mit dem Finger auf den Rücken des anderen. Dieser soll das Geschriebene erfühlen.

### Körperwahrnehmung

Die Beispiele zeigen, dass die Haut des Menschen sehr sensibel ist. Vergleichbar vielfältig sind die Informationen aus den Muskeln, Sehnen und Gelenken, die an das Gehirn gesendet werden. Blind

## Baum im Wind

- Schließen Sie Ihre Augen und lenken Sie die Aufmerksamkeit auf die Füße. Spüren Sie den Kontakt zum Boden.
- Versuchen Sie, die Lotlinie im Körper wahrzunehmen und bewegen Sie Ihren Körper in unterschiedliche Richtungen ein wenig aus der Lotlinie, ohne dabei die Füße zu heben.
- Versuchen Sie die Belastung in den Füßen wahrzunehmen.

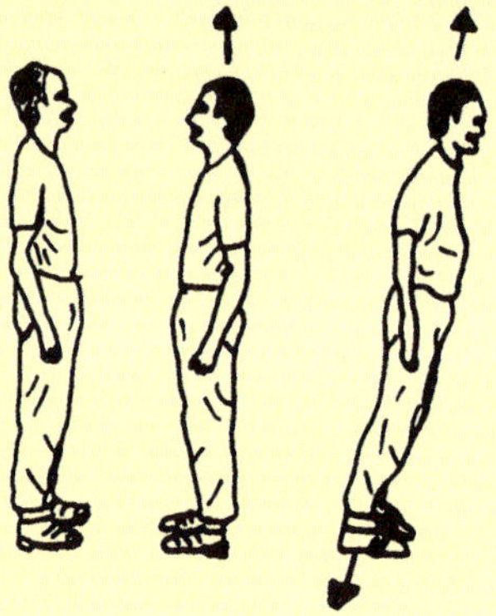

können Sie die Winkelstellung in den Knien oder in den Ellbogengelenken erspüren.
Diese Fähigkeit des Menschen, Unterschiede in der Körperhaltung und in den Körperbewegungen zu spüren, wird „Körperwahrnehmung" genannt. Ein Mensch mit einer guten Körperwahrnehmung

- spürt Spannung oder Lockerheit in der Muskulatur,
- kann die Muskeln bewusst anspannen und entspannen,
- hat ein gutes Gefühl für unterschiedliche Atemvorgänge (z. B. Bauchatmung, Brustatmung),
- spürt die Stellung der Füße auf dem Boden,
- kann Becken und Wirbelsäule bewusst ins Lot bringen,
- spürt Unterschiede in der Beweglichkeit der Gelenke (z. B. zwischen linker und rechter Schulter) und
- hat ein gutes Gefühl für verschiedene Bewegungsqualitäten (z. B. langsame/schnelle oder fließende/ruckartige Bewegungen).

Ähnlich wie bei anderen Leistungen des menschlichen Organismus sind auch diese Fähigkeiten nur so gut wie sie genutzt werden. Spüren Sie längere Zeit nicht in Ihren Körper hinein, so verschlechtert sich das Gefühl für Ihren Körper.
Das Beispiel in der Infobox links oben („Baum im Wind") zeigt Ihnen, wie einfach Sie mit geringem Aufwand Ihre Körperwahrnehmung verbessern können.

Eine gute Körperwahrnehmung ist die Voraussetzung dafür, dass Sie Ihre Körperhaltung verbessern, Ihre Bewegungsmuster verändern oder die Anspannung in Ihren Muskeln deutlich verringern können.

Vielleicht sind Sie daran interessiert, zukünftig einen speziellen Kurs zur Verbesserung Ihrer Körperwahrnehmung zu besuchen. Geeignet sind z. B. Feldenkrais, Eutonie, Alexander-Technik, Yoga, Qigong oder Tai-Chi.

## Achten Sie auf Körpersignale

Der menschliche Körper (auch Ihrer) benötigt zur Gesunderhaltung regelmäßige Bewegungsreize, die auf die individuellen Voraussetzungen abgestimmt sein sollten. Bewegen Sie sich zu wenig, so wird der Körper steif und kraftlos. Muten Sie sich zu viel zu (Marathonlauf, Hausbau am Wochenende), so ermüdet der Körper. Verletzungen und Verschleißerscheinungen können die Folge sein. Machen Sie sich die Mühe, herauszufinden, welches Maß für Sie am günstigsten ist. Es gibt eine sehr einfache Methode, die Ihnen hilft, Ihre Bewegungsbelastung eigenverantwortlich und gesundheitsgerecht zu steuern. Diese Methode besteht in der Wahrnehmung und Beachtung Ihrer eigenen Körpersignale.

Horchen Sie einfach in Ihren Körper hinein und fragen Sie sich:

- Wie fühlt sich meine Muskulatur während und nach der Bewegung an?
- Stellt sich Muskelkater ein?
- Wie fühlt sich während und nach der Belastung meine Wirbelsäule an?

Körperwahrnehmung ist die Voraussetzung dafür, dass Sie selbst spüren können, was Ihre persönliche Rückengesundheit stärkt und was sie hemmt.

- Welche Bewegungen oder Körperhaltungen lösen Rückenverspannungen oder Rückenschmerzen aus?
- Nach welchen körperlichen Aktivitäten fühle ich mich erfrischt und entstresst?
- Nach welchen körperlichen Aktivitäten fühle ich mich beweglicher?
- Welche Bewegungen sind schwierig oder kaum möglich?
- Welche Situationen während der Arbeit oder in der Freizeit verursachen bei mir Nackenverspannungen?
- Welche körperlichen Aktivitäten vermitteln mir das Gefühl von Leichtigkeit und Entspanntheit?

Hören Sie auf Ihren Körper und lernen Sie einzuschätzen, welche Bewegungen Ihnen guttun und welche Bewegungen Sie möglichst vermeiden sollten. Entscheiden Sie selbst, ob für Sie das Brust- oder Rückenschwimmen, Walking oder Nordic Walking, Golf- oder Tennisspielen geeigneter ist.

Vertrauen Sie nicht nur Experten, sondern besonders Ihrem eigenen Körpergefühl.
Lassen Sie sich durch leichte Muskelschmerzen nicht entmutigen. Falls Sie sich in der Vergangenheit nicht viel bewegt haben, können einige Übungen in Ihren Muskeln Schmerzen verursachen. Dazu zählen z. B. der Dehnungsschmerz beim Dehnen der Muskulatur oder der später eintretende Muskelkater nach ungewohnten körperlichen Belastungen. Der leichte Muskelschmerz ist kein Hinweis auf eine ernste Schädigung, sondern ist eher eine Information, dass Sie Ihre derzeitige Belastungsgrenze erreicht oder leicht überschritten haben.

# Regelmäßige Bewegung

## Bewegen Sie sich im Alltag

Die Wirbelsäule benötigt regelmäßige Bewegung. Besonders wertvoll sind dabei die täglichen Aktivitäten wie Spazierengehen, Treppensteigen und Radfahren sowie Haus- und Gartenarbeit.

- Steigen Sie bei Bus- oder Straßenbahnfahrten eine Station früher aus, damit Sie den Rest des Weges zu Fuß zurücklegen können.
- Nutzen Sie Mittagspausen an Ihrem Arbeitsplatz möglichst auch für einen kurzen Spaziergang an der frischen Luft.
- Meiden Sie den Aufzug und steigen Sie lieber Treppen.
- Gehen Sie mal über den Flur zum Büro des Kollegen, statt ihn anzurufen oder eine E-Mail zu schicken.
- Nehmen Sie öfter mal das Fahrrad für kleine Besorgungen, statt mit dem Auto oder mit dem Bus zu fahren.

Das waren nur einige Beispiele. Sicher gibt es in Ihrem persönlichen Tagesablauf noch eine Menge mehr Möglichkeiten. Einige Übungen, die Sie jederzeit zu Hause machen können, finden Sie ab Seite 50.

## Treiben Sie bewusst Sport

Besuchen Sie regelmäßig, möglichst einmal pro Woche, ein gesundheitsorientiertes Bewegungsangebot. Dazu zählen beispielsweise: Rückenschule, Wirbelsäulengymnastik, Walking, Nordic Walking, Aquafitness, Aerobic oder Tanzen.
Entscheiden Sie sich für einen Gesundheitssport, der Ihnen wirklich Spaß macht und den Sie möglichst gemeinsam mit guten Freunden oder Bekannten erleben können (so lässt sich der „innere Schweinehund" besser überwinden).
Für Ihr allgemeines Wohlbefinden benötigen Sie aber kein systematisches Trainingsprogramm an Trainingsgeräten. Denn: Starke Muskeln allein schützen nicht vor Rückenschmerz! Ein bewegungsreicher Lebensstil gilt heute als der beste Schutzfaktor.

Folgende Aussagen sollten Sie anspornen:

- Sie können durch tägliche Aktivitäten und durch spaßorientierte Bewegung ein Leben lang fit bleiben.
- 30 Minuten tägliche Bewegung – bei der Sie etwas außer Atem kommen sollten – leisten viel

Um den Rückenschmerzen vorzubeugen, empfiehlt sich regelmäßige Bewegung. Allein fehlt oft die Motivation, deshalb ist der Anschluss an eine Sportgruppe sinnvoll.

für Ihre Rückengesundheit. Das sind weniger als drei Prozent von 24 Stunden!

- Ihre Muskeln und Gelenke passen sich auch noch im hohen Alter an die körperliche Belastung an. Es ist nie zu spät, mit regelmäßiger Bewegung zu beginnen!
- Muskelverspannungen im Nacken oder Rücken können durch sanfte, dynamische Bewegungen besonders erfolgreich beseitigt werden.

## Pflegen Sie Ihre Muskeln

Ihre Muskeln wollen so gründlich gepflegt werden wie Ihre Zähne oder Ihre Haut. Machen Sie sich die „Muskelpflege" auch genauso zur Gewohnheit. Ihr Wohlbefinden dankt es Ihnen!

Muskelpflege beinhaltet neben der regelmäßigen Bewegung auch das Entspannen, Lockern, Dehnen oder Massieren der Muskulatur. Während der Arbeit oder beim Sport werden Ihre Muskeln oft einseitig bewegt. Eine gute Muskelpflege sorgt dafür, dass auch andere Muskelgruppen beansprucht werden.

Die Pflege Ihrer Muskeln können Sie problemlos in Ihren Alltag integrieren, sie kann zwischendurch im Büro, im Auto oder vor dem Fernseher erfolgen.
Hier ein paar einfache und leicht durchführbare Beispiele für tägliche Ausgleichsübungen:

- Räkeln und Strecken nach Herzenslust
- Schulterkreisen
- Kopfpendeln (siehe Seite 52, Übung 1)
- Fußwippe (Wechsel zwischen Zehen und Fersenstand)

Neben diesen einfachen Bewegungsübungen für zwischendurch gibt es aber auch viele spezielle Übungsprogramme wie:

- Fußgymnastik
- Beckenbodengymnastik
- Rückengymnastik
- Pilatesübungen für die Bauchmuskeln
- HWS-Gymnastik (Hals-Wirbelsäulen-Gymnastik)

Wer gleich starten möchte, kann mit den Übungen ab Seite 50 beginnen.

Solche Programme können Sie aber auch unter fachlicher Anleitung erlernen und danach die Übungen zu Hause durchführen. Testen Sie die Bewegungsangebote in Ihrer Nähe! Rückenschulen, Fitnessstudios, Volkshochschulen etc. bieten entsprechende Kurse an.

Bitte vergessen Sie auch hierbei nicht, dass Ihnen die Bewegung Spaß und Freude bereiten sollte! Nur dann werden Sie dauerhaft dabeibleiben und die Übungen regelmäßig ausführen.

Auf den folgenden Seiten finden Sie eine Vielzahl von Übungen für den ganzen Körper. Suchen Sie sich aus, was Ihnen Spaß macht und was Ihre „Problemzonen" benötigen. Sorgen Sie dabei aber immer für Abwechslung! So werden alle Muskelpartien beansprucht und das Training wird Ihnen nicht langweilig.

Beachten Sie dabei immer folgende Punkte:

- Üben Sie nicht, wenn Sie Schmerzen haben.
- Beenden Sie die Übung sofort, wenn Sie davon Schmerzen oder Schwindelgefühle bekommen. Atmen Sie bei der Ausführung der Übungen normal weiter.
- Üben Sie mit Ruhe und entspannen Sie sich dabei.
- Führen Sie alle Übungen langsam und kontrolliert aus, niemals ruckartig oder mit Schwung.
- Achten Sie bei der Ausführung aller Übungen auf eine korrekte Körperhaltung.

Sie möchten einen Kurs für Wirbelsäulengymnastik, Nordic Walking oder Aquafitness belegen? Fragen Sie bei Volkshochschulen, Fitness- und Gesundheitscentern und bei den Sportvereinen Ihres Wohnorts nach.

## Gymnastik für Einsteiger

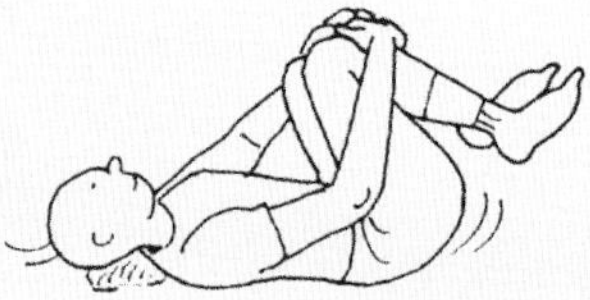

**1. Dehnung - Rückenmuskulatur**
Rückenlage - beide Knie mit den Händen umfassen und sie sanft in Richtung Oberkörper ziehen. Den Kopf auf dem Boden liegen lassen. Ca. 60 Sek.
Variante: Hände fassen in der Kniekehle.

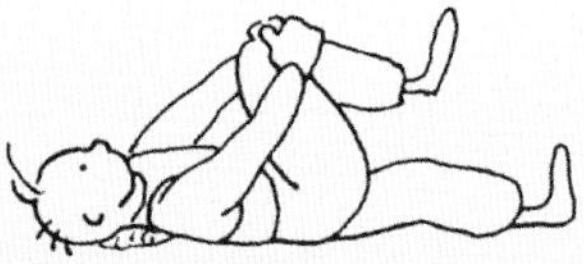

**2. Dehnung - Hüftmuskulatur**
Rückenlage - das rechte Knie mit beiden Händen zum Oberkörper ziehen, das linke Bein strecken und die Ferse auf den Boden drücken. Ca. 2 x 20 Sek. pro Seite.
Variante: Hände fassen in der Kniekehle.

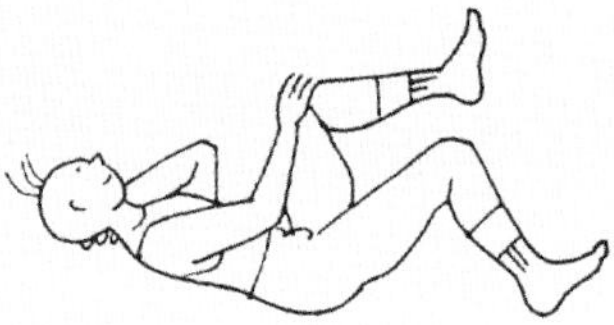

**3. Kräftigung - Bauchmuskulatur**
Rückenlage - die rechte Hand drückt gegen das linke Knie. Die linke Hand stützt den Kopf im Nacken. Die rechte Ferse in den Boden stemmen. Nun den Oberkörper etwas anheben. Ca. 2 Serien à 10 -15 Wiederholungen.

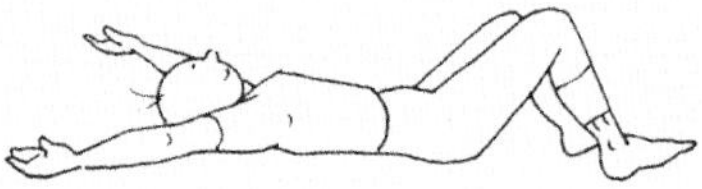

**4. Dehnung - Brustmuskulatur**
Rückenlage - die Beine aufstellen. Die Arme kopfwärts rausschieben. Die Handrücken und die Ellenbogen bleiben auf dem Boden, das Becken stabilisieren. Ca. 60 Sek.

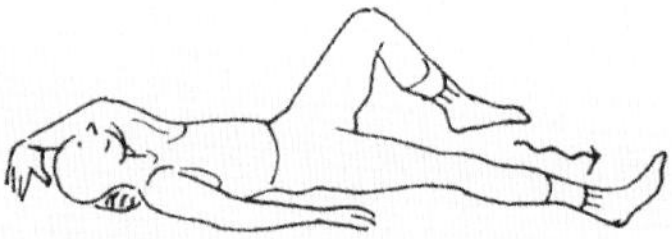

**5. Ganzkörperdehnung**
Rückenlage - das rechte Bein und den linken Arm diagonal auf dem Boden rausschieben. Das linke Bein aufstellen und den rechten Arm Richtung Füße schieben. Ca. 2 x à 20 Sek. pro Seite.

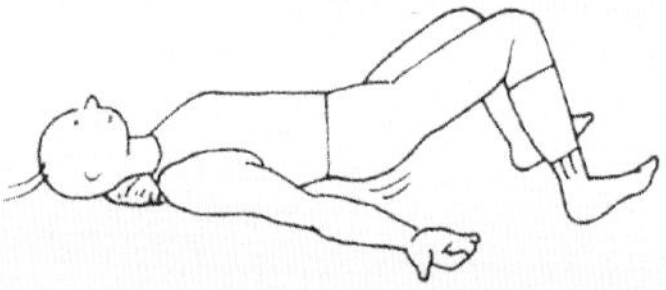

**6. Kräftigung - Gesäßmuskulatur**
Rückenlage - beide Knie anwinkeln und die Fersen in den Boden stemmen. Das Becken bis zur Hüftstreckung langsam anheben und senken. Hinweis: Beckenstabilität! Ca. 2 Serien à 10 - 15 Wiederholungen.

## Gymnastik für Einsteiger

**7. Dehnung - Beinrückseite**
Rückenlage - Ein Knie mit den Händen umfassen. Das andere Bein nach oben strecken. Die Ferse rausschieben und das Gesäß dabei auf dem Boden liegen lassen. Ca. 2 x à 20 Sek. pro Bein.

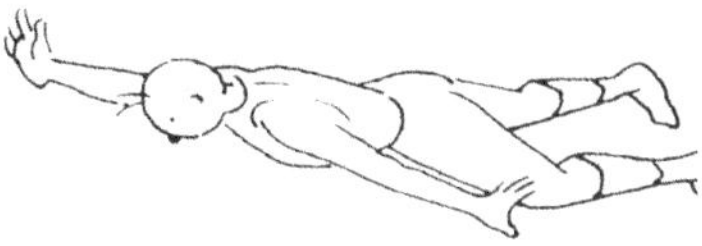

**8. Kräftigung - Rückenmuskulatur**
Bauchlage - abwechselnd einen Arm kopfwärts, den anderen Arm fußwärts schieben. Hinweis: Beckenstabilität und nicht den Kopf in den Nacken ziehen. Ca. 2 Serien à 10 Wiederholungen.

**9. Kräftigung - Armmuskulatur**
Vierfüßlerstand - die Unterschenkel verhaken. Die Arme langsam beugen und strecken. Der Körper bewegt sich dabei leicht vor und zurück. Hinweis: Das Becken stabilisieren. Ca. 2 Serien à 10 - 15 Wiederholungen.

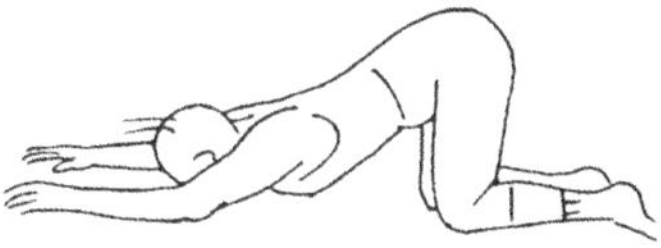

**10. Dehnung - Brustmuskulatur**
Rutschhalte - beide Arme flach über den Boden nach vorn und zur Seite bewegen. Das Gesäß „zieht" nach hinten. Hinweis: Bei Schulterbeschwerden die Arme angewinkelt auf den Boden legen. Ca. 60 Sek.

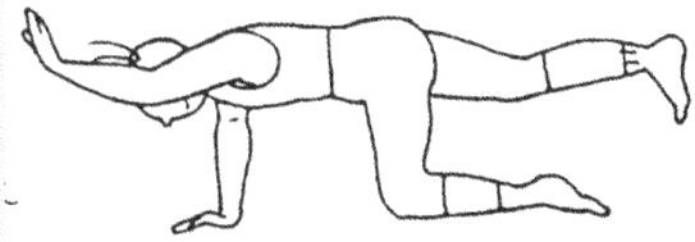

**11. Kräftigung - Rückenmuskulatur**
Vierfüßlerstand - linken Arm und rechtes Bein diagonal rausschieben. Der Blick geht zum Boden, das Becken stabilisieren. Ca. 2 Serien à 10 - 15 Wiederholungen.

**12. Dehnung - Rückenmuskulatur**
Bankstellung - abwechselnd den Rücken sanft in die „Katzenbuckelposition" und in die „Pferderückenposition" bewegen. Ca. 10 - 15 Wiederholungen.

Gymnastische Übungen sorgen für ein Gleichgewicht in Ihrer Muskulatur und unterstützen dadurch Ihre aufrechte Haltung.

## Gymnastik für die Halswirbelsäule

1. Strecken Sie Ihre Halswirbelsäule und pendeln Sie das Kinn langsam im Halbkreis von links nach rechts über Ihre Brust. (10x)

2. Drehen Sie Ihren Kopf zur Seite und bewegen Sie das Kinn in dieser Position langsam auf und ab. (10x je Seite)

Die Übungen 4 bis 11 heißen „isometrische Übungen" oder auch „gehaltene Übungen". Dabei findet keine Bewegung statt. Sie sind besonders gut geeignet, Ihre Nacken- und Halsmuskeln gezielt zu stärken.

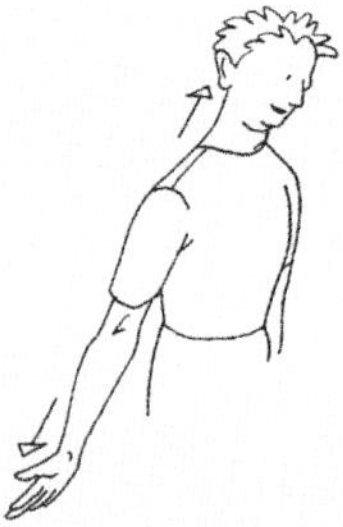

3. Neigen Sie Ihren Kopf nach links und schieben Sie den rechten Arm nach unten. (2x je Seite ca. 10 Sek.)

4. Drücken Sie mit der rechten Hand gegen Ihre rechte Kopfseite. (2 x ca. 10 Sek.)

5. Drücken Sie mit der linken Hand gegen Ihre linke Kopfseite. (2 x ca. 10 Sek.)

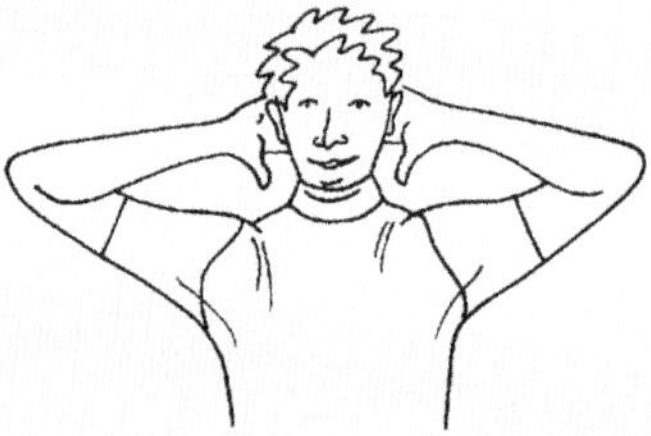

6. Drücken Sie mit beiden Händen gegen Ihren Hinterkopf. (2 x ca. 10 Sek.)

## Gymnastik für die Halswirbelsäule

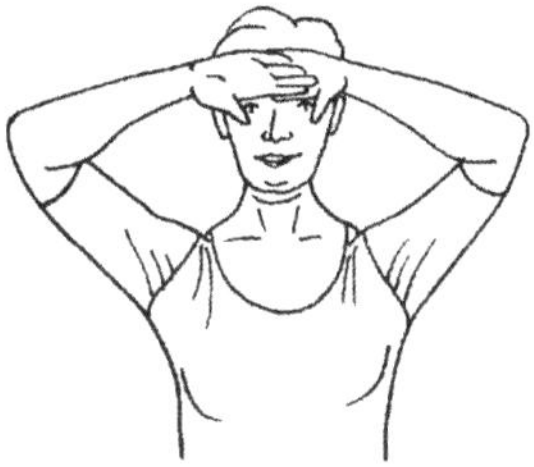

7. Drücken Sie mit beiden Händen gegen Ihre Stirn. (2 x ca. 10 Sek.)

8. Drücken Sie mit der rechten Hand gegen Ihre rechte Kinnspitze. (2 x ca. 10 Sek.)

9. Drücken Sie mit der linken Hand gegen Ihre linke Kinnspitze. (2 x ca. 10 Sek.)

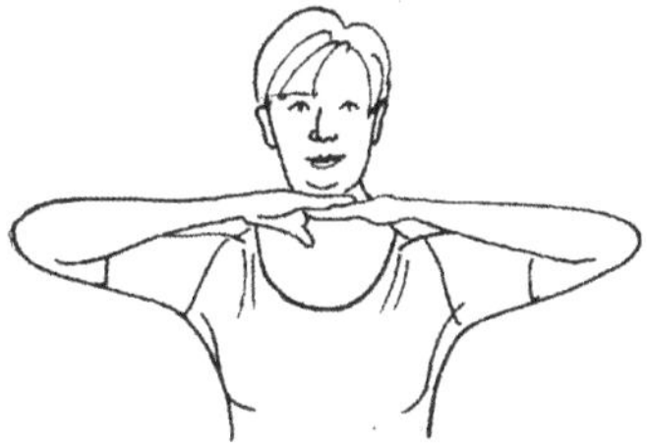

10. Drücken Sie mit beiden Händen von unten gegen Ihr Kinn. (2 x ca. 10 Sek.)

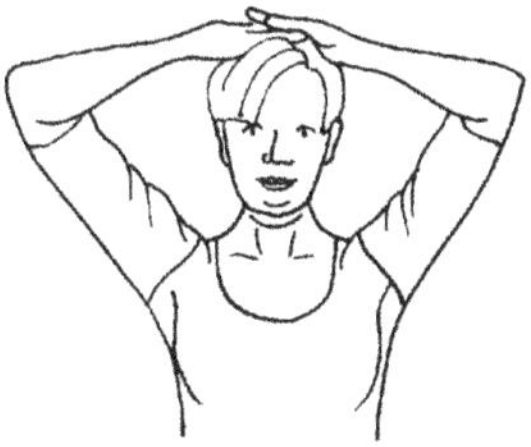

11. Drücken Sie mit beiden Händen von oben auf Ihren Hinterkopf. (2 x ca. 10 Sek.)

**Wichtige Hinweise:**

- Achten Sie bei allen Übungen auf Ihre korrekte Körperhaltung (Beckenkippung, Brustkorbhebung, Schultersenkung, Nackenstreckung).
- Beenden Sie die Übungen bei Schmerzen und Schwindelgefühlen.
- Atmen Sie bei Beginn der Spannungsübungen aus, danach normal weiteratmen.

Besiegen Sie Ihren „inneren Schweinehund". Legen Sie täglich eine Auszeit ein, in der Sie sich nur um wohltuende Bewegung kümmern.

## Gymnastik für die Schultern

1. Legen Sie die Hände auf Ihre Schultern und kreisen Sie die Ellenbogen nach hinten.

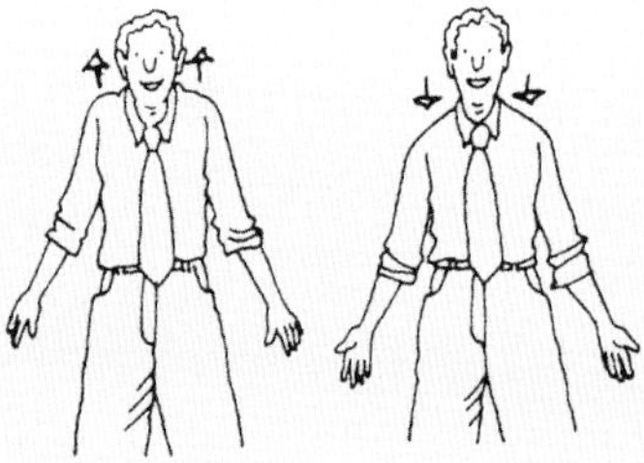

2. Ziehen sie beide Schultern abwechselnd nach oben und nach unten.

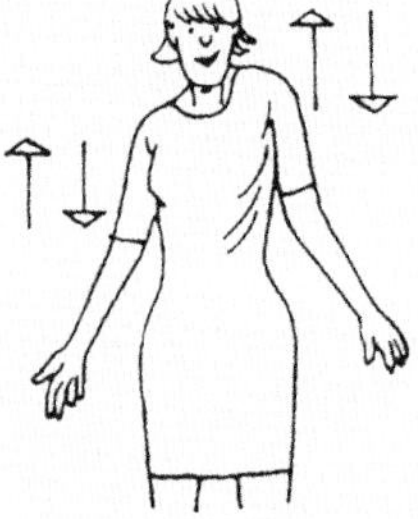

3. Bewegen Sie beide Schultern diagonal nach oben bzw. nach unten.

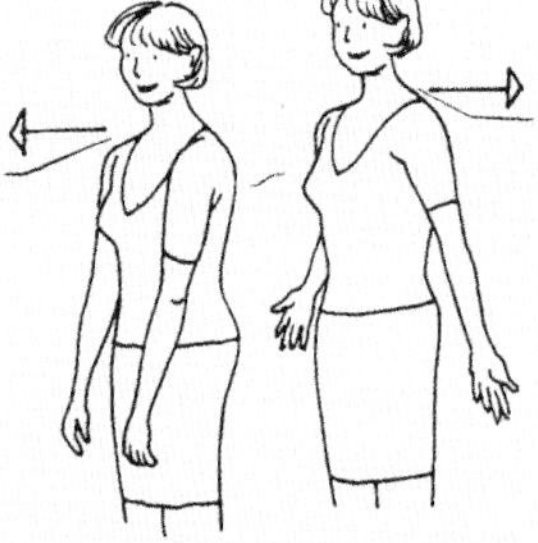

4. Bewegen Sie beide Schultern abwechselnd nach vorne und nach hinten.

5. Bewegen Sie in der U-Halte abwechselnd beide Arme nach oben und nach unten.

6. Bewegen Sie aus der U-Halte einen Arm nach oben und einen Arm nach unten.

Diese Schulterübungen können Sie auch einfach mal zwischendurch machen, z. B. beim Anstehen im Supermarkt.

## Gymnastik für die Schultern

7. Bewegen Sie die zusammengehaltenen Arme langsam nach oben und unten.

8. Greifen Sie mit beiden Händen auf Ihre Schultern; anschließend die Arme zur Seite schieben.

9. Versuchen Sie hinter Ihrem Rücken die Finger zu berühren.

10. Fassen Sie ein Handgelenk und ziehen Sie den Arm über den Kopf zur Gegenseite.

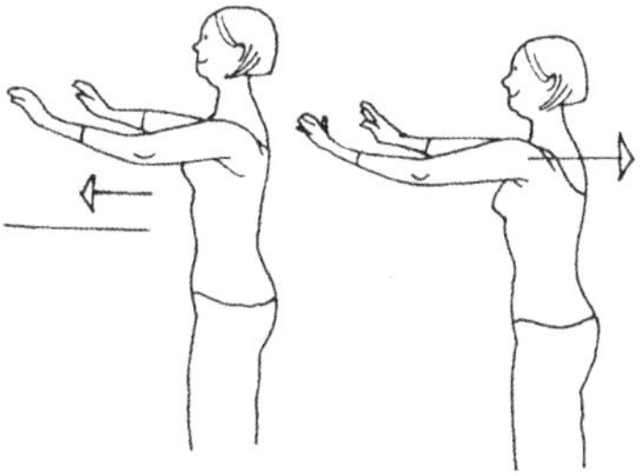

11. Schieben Sie in der Armvorhalte beide Schultern vor und zurück.

**Wichtige Hinweise:**

- Achten Sie bei allen Übungen auf Ihre korrekte Körperhaltung.
- Beenden Sie die Übungen bei Schmerzen und Schwindelgefühlen.
- Wiederholen Sie die Übungen ca. 10 x bzw. halten Sie die Dehnübungen ca. 10 Sek. lang aus.

Übung macht den Meister! Sie werden feststellen, wie schnell Ihre Schultern entspannter und beweglicher werden.

# Gymnastik mit dem Theraband

**Wichtige Hinweise**

- Wählen Sie die Stärke des Therabandes (=Farbe) so aus, dass Sie ca. 10 Wiederholungen pro Übung schaffen können.
- Achten Sie bei allen Übungen auf eine korrekte Körperhaltung. Vermeiden Sie das Hohlkreuz.
- Üben Sie nicht, wenn Sie unter Schmerzen leiden.
- Atmen Sie bei allen Übungen normal weiter.
- Führen Sie alle Übungen langsam und kontrolliert aus, niemals ruck- oder schwungartig.
- Lockern Sie sich vor und während des Übungsprogramms regelmäßig mit Dehn- und Rekelübungen.

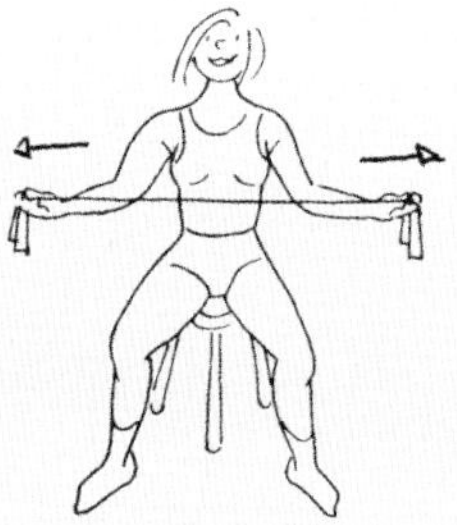

**1.** Ziehen Sie das Band mit beiden Händen vor Ihrem Körper in Brustbeinhöhe langsam auseinander. Lösen Sie danach ebenso langsam die Spannung.

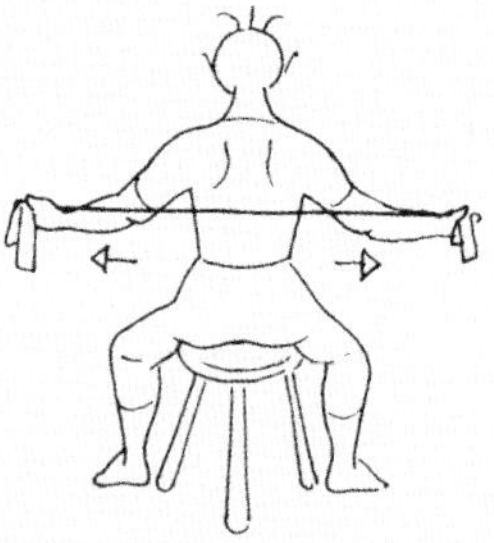

**2.** Ziehen Sie das Band mit beiden Händen hinter Ihrem Rücken langsam auseinander. Lösen Sie danach die Spannung.

**3.** Ziehen Sie das Band mit beiden Händen über Ihrem Kopf langsam auseinander. Lösen Sie danach die Spannung.

Das Theraband ist ein wahres Fitnessstudio im Taschenformat.

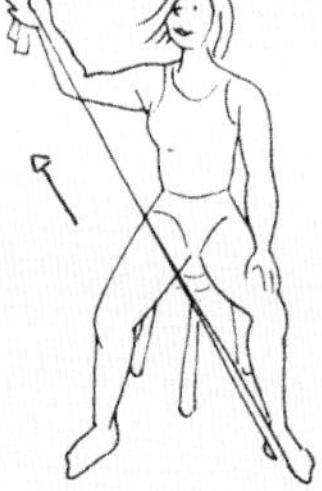

**4.** Setzen Sie Ihren linken Fuß auf ein Bandende. Ziehen Sie mit der rechten Hand das Band langsam diagonal nach rechts oben. Lösen Sie danach die Spannung.

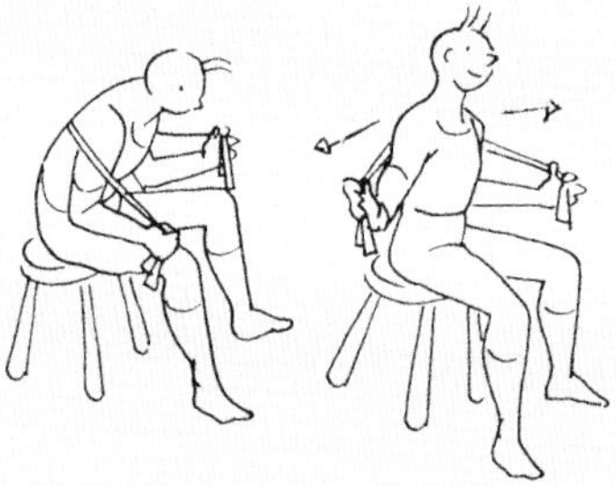

**6.** Legen Sie das Band wie eine Stola um Ihre Schultern. Machen Sie einen Katzenbuckel und spannen Sie dabei nach vorn mit beiden Händen das Band. Richten Sie sich wieder auf und bewegen Sie Ihre Arme seitlich nach außen.

## Gymnastik mit dem Theraband

**7.** Spannen Sie das Band mit beiden Händen über Ihrem Kopf. Neigen Sie Ihren Oberkörper langsam nach vorn und richten Sie sich anschließend wieder auf.

**8.** Führen Sie die Übung 7 durch und drehen Sie dabei Ihren Oberkörper nach rechts und links.

**9.** Führen Sie Übung 7 durch, stehen Sie dabei langsam auf und setzen Sie sich anschließend wieder hin.

**10.** Stellen Sie beide Füße auf die Bandenden. Greifen Sie mit beiden Händen schulterbreit das Band und ziehen Sie es „ruderartig" in Richtung Brustbein. Lösen Sie danach die Spannung.

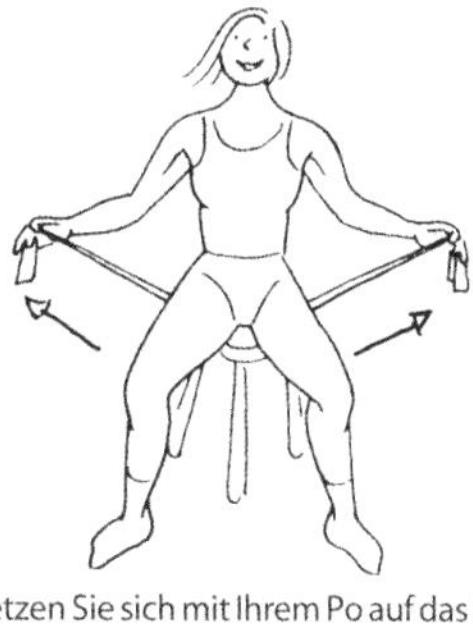

**11.** Setzen Sie sich mit Ihrem Po auf das Band. Greifen Sie mit beiden Händen die Bandenden und bewegen Sie langsam Ihre Arme zur Seite. Lösen Sie danach die Spannung.

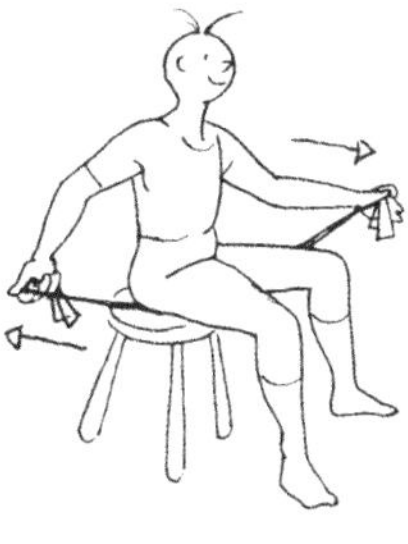

**12.** Bewegen Sie in der Ausgangsstellung von Übung 11 beide Arme diagonal abwechselnd vor und zurück.

Therabänder gibt es in unterschiedlichen Stärken und Längen im Sportfachhandel zu kaufen.

## Welcher Sport ist gut für Ihren Rücken?

| | |
|---|---|
| **Aerobic** | Die Gymnastik mit rhythmischen und dynamischen Bewegungen hat eine positive Wirkung auf das Bewegungssystem. Die Wirbelsäule profitiert vom ständigen Wechsel zwischen Be- und Entlastung und der damit verbundenen Durchwalkung der Bandscheiben. |
| **Aquafitness/ Aquajogging** | Die Bewegungen im Wasser entlasten Ihre Wirbelsäule und schonen Gelenke und Bänder durch die annähernde Schwerelosigkeit. Sie setzen viele Muskeln ein und steigern dadurch erheblich Ihren Energieverbrauch (ideal zur Gewichtsreduktion). |
| **Gymnastik** | Jegliche Form von Gymnastik ist für den Rücken zu empfehlen. Die dynamischen Bewegungsfolgen verbessern die Muskeldurchblutung und erhalten Ihre Beweglichkeit. Allerdings sollte dabei die Freude an der Bewegung im Vordergrund stehen, nicht die Perfektion der Bewegungsausführung. |
| **Inlineskaten** | Das harmonische Gleiten auf den Rollen entlastet den Rücken. Der typische Bewegungsablauf fordert die Rückenmuskulatur dynamisch, wodurch Muskelverspannungen gelindert werden können. Schützen Sie sich durch das Tragen von Helm, Ellbogen-, Handgelenk- und Knieschützern. |
| **Jogging** | Jogging ist eine der natürlichsten Bewegungsformen. Die Belastung kann individuell sehr gut gesteuert werden. Das Ausdauertraining stärkt sowohl Bein- als auch Rumpfmuskulatur. Achten Sie auf eine ökonomische Lauftechnik, gut dämpfendes Schuhwerk und weichen, ebenen Boden zur Schonung der Gelenke. |
| **Nordic Walking** | Beim Nordic Walking werden im Gegensatz zum klassischen Walking spezielle Stöcke verwendet. Durch den kräftigen Armeinsatz werden zusätzliche Muskeln beansprucht, besonders die Rücken-, Bauch- und Armmuskeln. Ebenso wird die Belastung für die Fuß-, Bein- und Hüftgelenke verringert. Der harmonische Bewegungsablauf kann Verspannungen im Schulter- und Nackenbereich lösen. |
| **Qigong/ Tai-Chi** | Die sanften und fließenden Bewegungen aus der chinesischen Heilgymnastik sind eine gute Haltungs- und Bewegungsschulung. Die Konzentration auf die langsame Bewegung in Einklang mit der Atmung entspannt Körper und Geist. |

Aquafitness ist viel mehr als die altbekannte „Wassergymnastik". Heute werden im Wasser die verschiedensten Techniken – von Jogging bis Boxen – ausgeführt

| | |
|---|---|
| **Radfahren** | Beim rückenfreundlichen Radfahren können die Bein- und Rumpfmuskeln gut trainiert werden. Allerdings sollten Sie auf eine gute Fahrradergonomie achten. Wichtig sind der Abstand des Sattels zum Lenker und die Höheneinstellung des Sattels und des Lenkers. Eine Vollfederung oder Sattelfederung entlastet Ihren Rücken. |
| **Schwimmen** | Der Auftrieb des Wassers entlastet die Wirbelsäule und alle anderen Gelenke. Das Wechseln zwischen z. B. Brust- und Rückenschwimmen fördert eine große Zahl von Muskelgruppen, vor allem im Rumpfbereich. Warmes Wasser entspannt die Muskulatur. Beim Brustschwimmen nicht die Hals- und Lendenwirbelsäule überstrecken! |
| **Skilanglauf** | Der rhythmische Wechsel von Be- und Entlastung stimuliert die Bandscheibenernährung und die harmonische Bewegung (Diagonaltechnik) fordert von fast allen Muskelgruppen die positive dynamische Muskelarbeit. Durch den Stockeinsatz werden die Schulter- und Rückenmuskeln besonders gut trainiert. Das Gleiten auf den Skiern verringert die Erschütterungsbelastungen für den Rücken, aber auch für die Knie- und Hüftgelenke. |
| **Tennis** | Beim Tennisspielen werden zahlreiche Muskeln eingesetzt. Allerdings sollten Sie auf eine gute Schlagtechnik achten und den sportlichen Ehrgeiz etwas reduzieren. Wechseln Sie nach Möglichkeit häufiger Ihre Spielhand. Die Ausholbewegung beim Aufschlag und Schmetterschlag sowie schnelle Drehbewegungen in den Grundschlägen sollten vermieden werden. |
| **Walking/ Wandern** | Es gibt kaum eine schonendere und effektivere Möglichkeit, die allgemeine Ausdauerleistungsfähigkeit zu verbessern. Gerade für Untrainierte und Übergewichtige ist es sinnvoll, mit dem Walking zu beginnen, da es gelenkschonend ist. |
| **Wirbelsäulengymnastik** | Die speziellen Dehn-, Kräftigungs- und Lockerungsübungen für die wichtigsten Muskelgruppen sind uneingeschränkt zu empfehlen. Mit dieser Gymnastik können Sie muskuläre Ungleichgewichte gut ausgleichen. Die Übungen sind überall und lebensbegleitend durchzuführen. |
| **Yoga** | Yoga dehnt und kräftigt nicht nur Ihre Muskeln, Sie verbessern damit auch gleichzeitig Ihre Atmung und Entspannungsfähigkeit. Allerdings sind nicht alle Übungen für Sie uneingeschränkt zu empfehlen. Verzichten Sie auf Übungen, die bei der Ausführung für Sie schwierig oder unangenehm sind. |

Rückenfreundliches Radfahren tut nicht nur dem Rücken gut, es lässt sich auch wunderbar in den Alltag integrieren: zum Einkaufen, für den Weg zur Arbeit, für den Familienausflug ...

# Körperliche Belastungen reduzieren

Die Belastungen, die auf die Wirbelsäule wirken, können durch eine gute Körperhaltung und günstige Bewegungsmuster in Grenzen gehalten und die Wirbelsäule so geschont werden.
Bemühen Sie sich um eine gute Haltung und achten Sie z. B. beim Heben und Tragen von Lasten auf richtige Bewegungen. So tun Sie tagtäglich etwas für Ihren Rücken.

## Achten Sie auf Ihre Körperhaltung

Eigentlich weiß es jeder: Aufrechtes Sitzen und Stehen sind für den Rücken gut. Leider ist dieses rückenfreundliche Verhalten anstrengend und deshalb verzichten viele Menschen auf die Aufrichtung ihrer Wirbelsäule. Eine gute Körperhaltung hat viele Vorteile und vielleicht hilft Ihnen dieses Wissen, Ihren berühmten „inneren Schweinehund" leichter zu überwinden.

Eine gute Haltung fördert nicht nur Ihre Rückengesundheit, sondern Sie sehen damit auch besser aus.

Die Vorteile einer aufrechten Körperhaltung:

- Günstige Belastung der Wirbelsäule
- Kräftigung der Rücken- und Bauchmuskulatur
- Unterstützung von Atmung, Durchblutung und Verdauung

**Günstig stehen**

„Kann man denn auch falsch stehen?" werden Sie jetzt vielleicht fragen. Man kann sehr wohl! Die elterliche Ermahnung „Halte dich gerade" ist Ihnen vielleicht noch in Erinnerung. Und auch den Satz „Der steht da wie ein Fragezeichen" kennen Sie sicher.
Das günstige Stehen ist also keineswegs eine Selbstverständlichkeit. Dabei ist es gar nicht so schwer, wenn Sie ein paar Dinge beachten. Stellen Sie sich am besten mal vor einen großen Spiegel, so können Sie Ihre Haltung im Stehen am besten überprüfen.

Von der Seite gesehen

- sollten die Knie leicht gebeugt sein.
- sollte das Becken leicht gekippt sein.
- sollte das Brustbein leicht angehoben sein.
- sollten die Schultern leicht nach hinten-unten gezogen sein.
- sollte der Kopf gerade gehalten werden.
- sollten der äußere Gehörgang, die Schulterkugel, das Hüftgelenk und der Knöchel in einer Linie übereinanderstehen.

Von vorn gesehen

- sollten beide Beine etwa schulterbreit auseinanderstehen (dabei sollten beide Beine gleichmäßig belastet werden).
- sollten die Fußspitzen leicht nach außen zeigen.
- sollte das Becken gerade stehen.
- sollten die Dreiecke, die durch Arme, Hüften und Taille gebildet werden, gleich groß sein.
- sollten beide Schultern auf einer Höhe sein.
- sollte der Kopf gerade gehalten werden.

**Günstig sitzen**

Nicht nur beruflich müssen viele Menschen häufig sitzen. Auch Schüler, Studenten und viele ältere Menschen verbringen viele Stunden am Tag im Sitzen. Und auch alle anderen sitzen viel: am Esstisch, vor dem Fernseher, im Auto ...

Deshalb sollten wir uns um eine gute, d. h. aufrechte Sitzhaltung bemühen. Das bedeutet, dass die Halswirbelsäule gerade und gestreckt ist, dass der Brustkorb leicht angehoben und das Becken leicht nach vorn gekippt sind.

Das Ergebnis einer guten Körperhaltung werden Sie sehr bald bemerken: Sie fühlen sich wohler, selbstbewusster und sehen einfach besser aus.

Es ist für Ihre Rückengesundheit gut, wenn Sie sich immer mal wieder bewusst aufrecht hinsetzen oder -stellen. Sie können die positiven Wirkungen sogar noch steigern, indem Sie Ihre Körperhaltungen möglichst oft wechseln. Neigen Sie beispielsweise beim Sitzen Ihren Oberkörper mal nach vorn, mal nach hinten. Am besten denken Sie dabei an kleine Bauchtanzbewegungen.

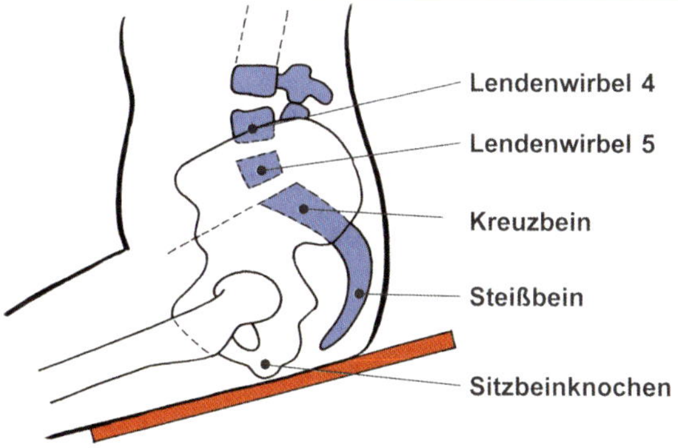


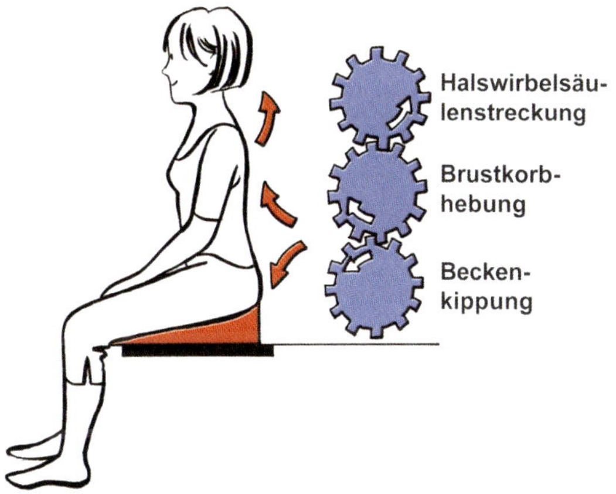

Sie müssen nicht immer gerade sitzen – Lümmeln ist zwischendurch auch mal erlaubt.

## Sitzen Sie wirklich aufrecht?

Da wir im Alltag sehr viel sitzen, ist eine gute Sitzhaltung sehr wichtig. Testen Sie mal selbst: Wie aufrecht sitzen Sie wirklich?

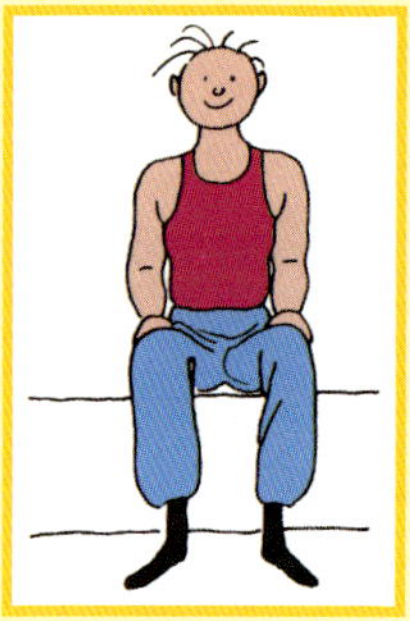

Achten Sie einmal bewusst auf Ihre Haltung beim Sitzen:

- Stehen beide Füße etwa schulterbreit am Boden?
- Beträgt der Kniewinkel (= Winkel zwischen Ober- und Unterschenkel) über 90°?
- Ist das Becken leicht nach vorn gekippt?
- Ist das Brustbein leicht angehoben?
- Werden die Schultern locker nach hinten-unten gezogen?
- Steht der Kopf gerade über dem Schultergürtel?
- Befindet sich die Wirbelsäule in ihrer natürlichen Krümmung?
- Stehen der äußere Gehörgang, die Schulterkugel und das Hüftgelenk in einer Linie übereinander?

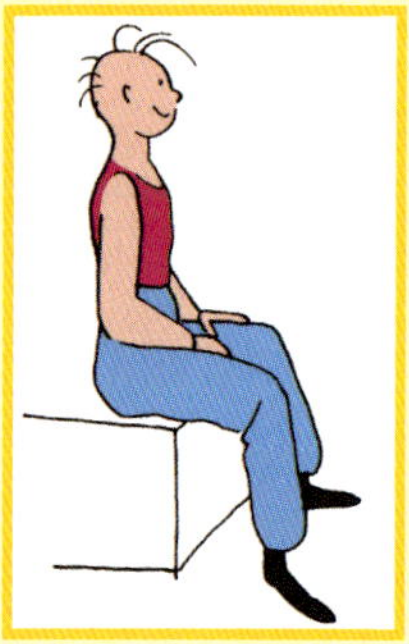

Beachten Sie dabei immer: Auch wenn die Sitzhaltung stimmt, sollten Sie „dynamisch sitzen", d. h. Ihre Sitzhaltung so oft wie möglich ändern und zwischendurch immer mal wieder aufstehen.

Wechseln Sie möglichst oft zwischen dem Sitzen, Stehen und Gehen. Das ist auch im Arbeitsalltag öfter möglich als Sie vielleicht denken: Stehen Sie im Büro zum Telefonieren auf, gestalten Sie Besprechungen auch mal im Stehen. Oder setzen Sie sich zwischendurch hin, falls Sie z. B. als Verkäuferin überwiegend stehen müssen.

Gehen Sie auch bei der aufrechten Körperhaltung nicht zu streng mit sich selbst um. Sie müssen nicht immer aufrecht sein. Ganz im Gegenteil: Lümmeln ist zwischendurch auch mal entspannend und wohltuend – also erlaubt! Wenn Sie nach einem anstrengenden Tag geschafft sind, können Sie sich abends auch ruhig einmal hängen lassen. Wichtig ist die innere Einstellung und das Bewusstsein, dass Sie auf Ihre Körperhaltung achten müssen und dadurch zu Ihrer Rückengesundheit beitragen.

## Lernen Sie günstige Bewegungsmuster

Wie Sie bereits im ersten Kapitel erfahren haben, ist Ihre Wirbelsäule grundsätzlich für vielfältige, variationsreiche Bewegungen gebaut. Dabei gibt es eigentlich keine richtigen und falschen Bewegungen.

Diese Aussage trifft allerdings nur für gesunde Menschen zu und für Bewegungen, die nicht oft wiederholt werden. Falls Sie im Beruf oder in der Freizeit oft wiederkehrende, gleiche Bewegungen ausführen müssen, sollten Sie sich rücken- und gelenkfreundlich verhalten.

Überlegen Sie: Welche (häufigen) Bewegungen führen Sie häufig aus? Können Sie diese Bewegungen rücken- und gelenkfreundlich gestalten? Sie müssen auch mit diesem Thema nicht zu streng umgehen. Es muss nicht immer in jedem Augenblick rückengerecht sein, aber behalten Sie die Problematik im Bewusstsein! Bleiben Sie locker und denken Sie an das Motto „Nicht immer – aber immer öfter!"

Falls Sie die günstigen Bewegungsmuster noch nicht verinnerlicht haben, können Sie diese in einer Rückenschule lernen.

**Heben und Tragen**

Besonders wichtig ist das rückenfreundliche Heben, Tragen, Schieben und Ziehen. Diese Belastungen sind eine häufige Ursache für Rückenbeschwerden.

Grundsätzlich sollten Sie das Heben und Tragen schwerer Gegenstände soweit wie möglich vermeiden. Ist dies aber unumgänglich, so sollten Sie sehr bewusst vorgehen, d. h. Sie sollten den Bewegungsablauf planen und gute Voraussetzungen für Ihr Vorhaben schaffen. Prüfen Sie, ob der Einsatz von Hebe- oder Tragehilfen infrage kommt (z. B. Sackkarre, Rollwagen, Tragegurte usw.). Und bitten Sie Arbeitskollegen, Freunde und Nachbarn um Hilfe beim Transport von schweren Gegenständen.

Rückengerechtes Bewegen dauert nicht länger als die alten Bewegungsmuster. Es ist alles eine Sache der Gewohnheit.

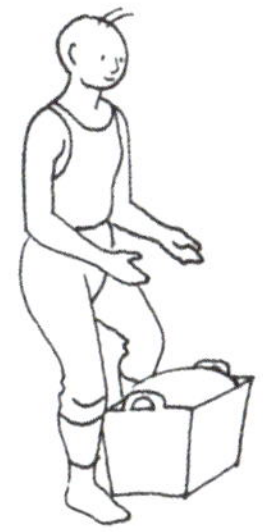

- Stellen Sie sich möglichst nah an den anzuhebenden Gegenstand.
- Die Beine stehen etwa schulterbreit auseinander.
- Die Fußspitzen zeigen nach außen.
- Stellen Sie ein Bein nach vorn neben den Gegenstand.

- Beugen Sie Ihre Knie- und Hüftgelenke. Schieben Sie Ihr Gesäß dabei ganz bewusst ziemlich weit nach hinten.

- Die Knie dürfen in der Senkrechten nicht über die Fußspitzen hinausgeschoben werden.
- Der Rücken bleibt gerade und die Halswirbelsäule gestreckt.
- Die Fersen bleiben am Boden.

- Spannen Sie beim Anheben Ihre Beckenboden- und Bauchmuskeln an und atmen Sie normal weiter.
- Schwere Gegenstände sollen überwiegend aus den Beinen und nur wenig aus dem Rücken gehoben werden.
- Richten Sie nun zuerst den Rücken auf und strecken Sie anschließend Ihre Kniegelenke.
- Ziehen Sie den Gegenstand möglichst nah an Ihren Körper heran.
- Vermeiden Sie beim Heben und Tragen das Krümmen und Verdrehen Ihrer Wirbelsäule.

Denken Sie beim Anheben und Absetzen von Gegenständen an einen „Entenbürzel". Diesen schieben Sie einfach nach hinten.

- Schieben Sie beim Absetzen des Gegenstandes zuerst Ihr Gesäß nach hinten.
- Beugen Sie Ihre Hüft- und Kniegelenke und halten Sie den Rücken gerade.
- Stellen Sie den Gegenstand möglichst nah an Ihrem Körper ab.

**Bücken**

Unnötiges Bücken sollten Sie soweit wie möglich vermeiden. Ergonomische Arbeitsgeräte wie z. B. ausreichend lange Besenstiele helfen Ihnen dabei.

Wenn Sie sich bücken müssen, sollten Sie folgende Punkte beachten:

- Vermeiden Sie beim Bücken das Verdrehen der Wirbelsäule.
- Gehen Sie beim Bücken nicht zu oft in die Hocke.
- Schieben Sie Ihre Knie möglichst wenig über Ihre Fußspitzen hinaus.

**Überkopfarbeiten**
Überkopfarbeiten können Ihren Schultern und Ihrem Nacken auf Dauer schaden. Dazu zählen beispielsweise das Streichen einer Decke oder das Aufhängen von Gardinen. Diese Tätigkeiten überdehnen die Halswirbelsäule und strapazieren die Schultergelenke. Versuchen Sie, solche Arbeiten möglichst rückenfreundlich zu gestalten, indem Sie eine Leiter benutzen oder ergonomische Arbeitsgeräte wie eine Farbwalze mit Verlängerungsstiel.

## Reduzieren Sie Belastungen am Arbeitsplatz

Das ist sicher leichter gesagt als getan. Die Arbeit muss ja jemand machen. Sicherlich gibt es an fast jedem Arbeitsplatz ungünstige Belastungen für die Wirbelsäule, die nicht zu vermeiden sind. Pflegekräfte müssen Patienten heben, Bauarbeiter müssen Lasten tragen, Büroarbeit erfordert oft das stundenlange Sitzen vor dem Bildschirm.

Aber auch am Arbeitsplatz können Sie darauf achten, sich rückenfreundlich zu verhalten.
Hier die wichtigsten Tipps, die Ihren Rücken schonen:

- Benutzen Sie beim Heben, Tragen, Schieben und Ziehen möglichst Hilfsmittel. Dazu zählen z. B. Sackkarre, Hubwagen, Tragegurt, Lifter oder Rollbrett.
- Bitten Sie bei körperlich anstrengenden Tätigkeiten Ihre Kollegen um Mithilfe. Zu zweit geht es häufig besser. Zeigen Sie keinen falschen Ehrgeiz!
- Achten Sie auf für Sie günstige Arbeitshöhen im Sitzen und im Stehen.
- Befolgen Sie die Empfehlungen zur ergonomischen Gestaltung Ihres Arbeitsplatzes (z. B. bei der Bildschirmtätigkeit).
- Ändern Sie häufiger Ihre Arbeitshaltung und möglichst oft Ihre Tätigkeit. Überlegen Sie: Welche Arbeiten können Sie z. B. abwechselnd mit dem rechten oder linken Arm ausführen?
- Tragen Sie eine den Temperaturen und dem Klima angepasste Kleidung.
- Fußgerechte Schuhe unterstützen ein günstiges Stehen und Gehen.

Selbstverständlich gelten diese Aussagen auch für Ihre Belastungen in der Freizeit und beim Sport. Überfordern Sie sich nicht bei Ihren Tätigkeiten im Garten, im Eigenheim oder in der Wohnung. Zeigen Sie keinen übertriebenen Ehrgeiz bei Ihren sportlichen Aktivitäten.

## Die richtige Sitzhaltung am Schreibtisch

Nicht vergessen: Keine Sitzhaltung ist so gut, dass sie über einen längeren Zeitraum eingenommen werden sollte! Wechseln Sie deshalb häufiger Ihre Sitzposition. Man nennt dies „dynamisches Sitzen". Und stehen Sie zwischendurch immer mal wieder auf!

Ergonomische Bürostühle bieten vielfältige Einstellmöglichkeiten, die Sie kennen sollten. Lesen Sie unbedingt die Bedienungsanleitung. Ein Stuhl ist nur so gut, wie er eingestellt ist.

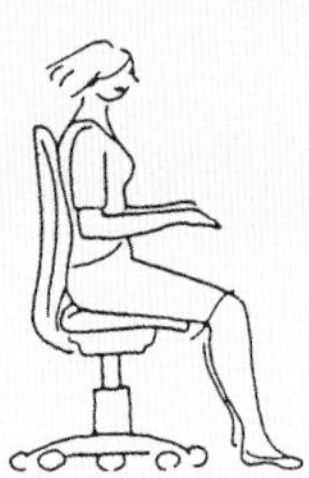

Der Stuhl ist optimal hoch, wenn die Sitzfläche vollständig besessen wird und die Füße den Boden vollflächig berühren.

Die Sitzfläche sollte etwas nach vorn geneigt sein.

Die Rückenlehne sollte das Becken, die Lenden- und die Brustwirbelsäule abstützen.

Die optimale Tischhöhe ist erreicht, wenn der Winkel im Ellenbogengelenk ca. 90° beträgt.

Die Handgelenke sollten waagerecht mit lockeren Fingern vor der Tastatur abgestützt werden.

Bei der optimalen Bildschirmhöhe befindet sich die oberste Menüzeile deutlich unter Augenhöhe.

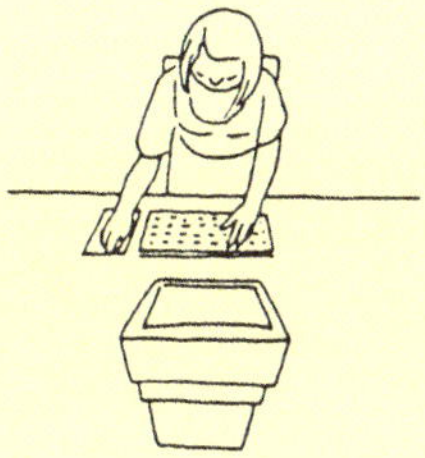

Der Bildschirm sollte frontal vor Ihnen stehen (Abstand ca. 60 cm - 80 cm).

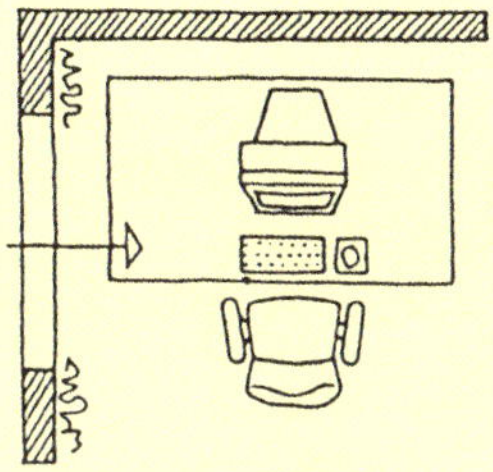

Der Bildschirm sollte parallel zum Fenster aufgestellt werden (ca. 2 m Abstand). Das Licht fällt seitlich auf Ihren Arbeitsplatz.

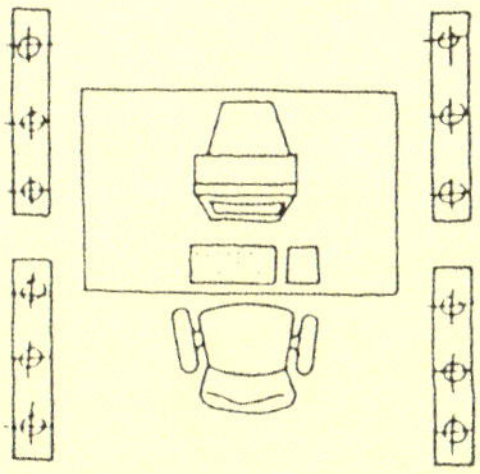

Die Leuchten sollten seitlich über Ihrem Arbeitsplatz angeordnet sein.

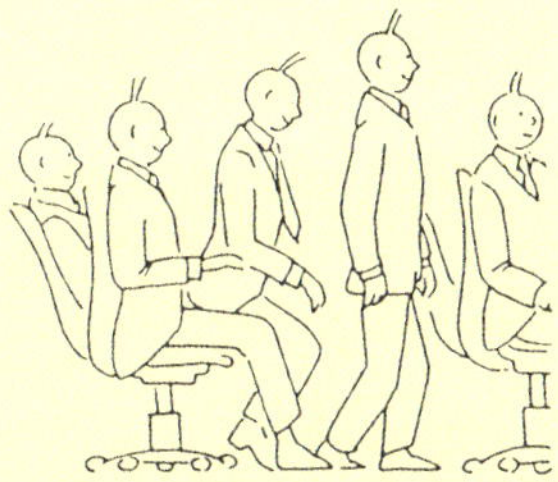

Dynamik im Büro bedeutet, daß Sie Ihre Tätigkeiten abwechselnd im Sitzen, Stehen und Gehen durchführen.

Kümmern Sie sich eigenverantwortlich um Ihre Gesundheit. Stellen Sie Ihren Bürostuhl individuell ein und sorgen Sie für die günstige Position von Tastatur und Monitor.

- Nutzen Sie Arbeitsunterbrechungen und Arbeitspausen für Entspannungsübungen.

Warten Sie nicht so lange, bis sich Rückenbeschwerden bemerkbar machen. Lassen Sie es erst gar nicht so weit kommen! Denken Sie an die Zukunft, in der Sie sich noch viele Jahre möglichst beschwerdefrei bewegen wollen.
Seien Sie Vorbild und motivieren Sie auch Ihre Arbeitskollegen zu einem bewussten Umgang mit Ihrer Gesundheit.

## Achten Sie auf rückenfreundliche Lebensverhältnisse

Sorgen Sie für eine rückenfreundliche Umgebung. Damit sind Dinge wie z. B. Bürostuhl, Autositz, Sitzmöbel, Fahrrad oder Bett gemeint.
Kein Zweifel, auch diese Dinge können einen Einfluss auf Ihre Rückengesundheit haben. Allerdings gehen bei diesem Thema die Meinungen weit auseinander.

Welcher Bürostuhl, welcher Autositz oder welche Matratze sind rückenfreundlich?
Folgende Leitfragen sollen Ihnen helfen, eine richtige Kaufentscheidung zu treffen:

- Unterstützen der Bürostuhl, das Sofa oder die Werkbank das aufrecht-dynamische Bewegungsverhalten?
- Berücksichtigen die Verstellmöglichkeiten der unterschiedlichen Autositze oder des Fahrrades Ihre Körpergröße, Ihr Körpergewicht oder Ihre eventuell vorhandenen Bewegungseinschränkungen?
- Erleichtern höhenverstellbare Tische, Stehpulte oder Teleskopstiele (z. B. an Farbrollern oder Astscheren) Ihre Arbeit?
- Verringern Sackkarren, Hubwagen, Tragegurte oder Rollbretter Ihre Hebe-Trage-Belastung?

## Die richtige Haltung auf dem Fahrrad

**Satteleinstellung:**

- Der Sattel steht waagerecht oder leicht nach vorn abfallend.
- Die Sattelhöhe ist so eingestellt, dass man mit beiden Fußspitzen knapp den Boden berühren kann.

**Lenkereinstellung:**

- Der Lenker ist mindestens so hoch wie der Sattel.
- Der Abstand zwischen Sattel und Lenker beträgt mindestens eine Unterarmlänge.

**Oberkörperhaltung:**

- Der Oberkörper ist leicht nach vorn geneigt.
- Das Becken ist leicht nach vorn gekippt.
- Die Schultern sind leicht nach hinten-unten gezogen.
- Die Halswirbelsäule ist gestreckt.

**Arm-Hand-Stellung:**

- Die Ellbogen sind leicht angewinkelt.
- Das Überstrecken der Handgelenke soll vermieden werden.
- Die Handhaltung soll öfter verändert werden.

Eine gefederte Sattelstütze oder ein voll gefedertes Rad kann die Belastungen für die Bandscheiben reduzieren.

## Die richtige Haltung beim Autofahren

**Kopfstütze:**

- Die Oberkante der Kopfstütze soll sich mindestens in Augenhöhe befinden.
- Der Abstand zwischen Kopf und Kopfstütze soll etwa zwei Zentimeter betragen.

**Sitz:**

- Die Neigung der Rückenlehne soll nicht mehr als 110° betragen.
- Sie sollten das Lenkrad mit leicht angewinkelten Armen und entspannten Schultern erreichen.
- Bei durchgetretenem Pedal sollten Ihre Beine noch leicht angewinkelt sein und Ihr Becken sollte noch Kontakt zur Rückenlehne haben.
- Der Sitz sollte Ihr Becken und Ihre Lendenwirbelsäule stützen.

**Sitzposition:**

- Das Brustbein sollte angehoben und die Halswirbelsäule gestreckt sein.
- Das Becken sollte leicht nach vorn gekippt sein.
- Das Gesäß sollte dicht an die Rückenlehne geschoben sein.
- Die Oberschenkel sollten ganz ohne Druck auf dem Sitz aufliegen.

Wichtig: Variieren Sie öfter mal Ihre Handhaltung und machen Sie auf langen Fahrten genügend Pausen mit Gymnastikübungen.

Grundsätzlich sollten Sie bei der Anschaffung von rückenfreundlichen Produkten auf Ihr eigenes Gefühl achten. Wenn Sie auf einem Bürostuhl gut sitzen können, beim Autofahren keine Muskelverspannungen bekommen, das Fahrradfahren Ihnen Spaß macht und Sie in Ihrem Bett gut schlafen können, dann haben Sie sich mit hoher Wahrscheinlichkeit für das richtige Produkt entschieden. Prüfen Sie gründlich, wofür Sie Ihr Geld ausgeben. Es muss nicht immer alles gleich ganz neu und teuer sein. Oft lassen sich durch eine andere Einstellung z. B. des Bürostuhls oder des Fahrrades, auch alte Dinge rückenfreundlich gestalten. Ebenso kann die Ergonomie von Stühlen, Sofas und sogar Autositzen durch zusätzliche Kissen einfach und kostengünstig verbessert werden.

Ergonomische Produkte sollen Ihren Rücken unterstützen. Ihre regelmäßige körperliche Aktivität machen sie keinesfalls überflüssig!

# Psychische Belastungen reduzieren

## Steigern Sie Ihre Arbeitszufriedenheit

Natürlich wird Ihre Arbeitszufriedenheit auch von Umständen bestimmt, die Sie nur bedingt beeinflussen können. Den Führungsstil des Chefs, die Schichtarbeit oder einen geringen Lohn muss man oft als unbefriedigende Arbeitsbedingungen einfach hinnehmen.

Neben diesen feststehenden Bedingungen gibt es aber auch Dinge, die Sie selbst positiv beeinflussen können und die Ihnen helfen, Ihre Arbeitszufriedenheit zu steigern.

- Denken Sie positiv! Konzentrieren Sie sich nicht ständig auf die schlechten Dinge an Ihrem Arbeitsplatz. Was bereitet Ihnen Freude und Zufriedenheit?
- Bemühen Sie sich um ein gutes und kollegiales Verhältnis zu Ihren Arbeitskollegen. Seien Sie freundlich, hilfsbereit und verteilen Sie möglichst viel Lob.
- Beteiligen Sie sich an den geselligen Veranstaltungen, wie z. B. der Weihnachtsfeier, dem Betriebsausflug oder der Verabschiedung eines Kollegen.
- Unterstützen Sie aktiv den eventuell vorhandenen Arbeitskreis für Gesundheit.
- Informieren Sie sich möglichst ausführlich über Sie betreffende Arbeitsabläufe und Arbeitsorganisation. Nutzen Sie Ihre Handlungsfreiheiten und Entscheidungskompetenzen.
- Nehmen Sie an den betrieblichen Maßnahmen zur Gesundheitsförderung teil.
- Nutzen Sie Angebote zur Erweiterung Ihrer theoretischen Kenntnisse und praktischen Fähigkeiten.

Überlegen Sie: Welche Chancen der positiven Veränderung bietet Ihr Arbeitsplatz? Oft sind es auch kleine Dinge, die Ihre Arbeitszufriedenheit steigern können. Versuchen Sie, eventuellen Frust zu überwinden und probieren Sie es mit Aktivität und Beteiligung.

## Vermeiden Sie Dauerstress

Manche Stresssituationen sind selbst bei bester Planung nicht vermeidbar. Der stundenlange Stau auf der Autobahn, der Absturz des Computers oder das plötzliche Fieber Ihres Kindes sind nicht vorhersehbar. Trotzdem gibt es Verhaltensweisen, mit denen Sie Stress verringern können:

Jede Stimmungslage – ob Freude, Wut oder Trauer – bewirkt eine bestimmte Spannung in der Muskulatur. Die erfreuliche Nachricht: Abgenutzte Bandscheiben und Haltungsschäden können ausgeglichen werden z. B. durch eine positive Lebenseinstellung und eine trainierte Muskulatur.

- Vermeiden Sie den leidigen Stress mit der knappen Zeit. Nehmen Sie sich während des Tages nicht zu viel vor.
- Planen Sie unvorhersehbare Störungen ein, wie z. B. den Verkehrsstau, das Glatteis oder die lange Schlange im Supermarkt.
- Planen Sie mit Ruhe und Übersicht Ihre Arbeit und Ihre Freizeit. Setzen Sie Ihre persönlichen Schwerpunkte. Was ist für Sie wichtig? Was fördert Ihr Wohlbefinden und Ihre Zufriedenheit?
- Verplanen Sie andererseits aber nicht den ganzen Tag, sondern erlauben Sie sich auch Zeiten des Müßiggangs.
- Lassen Sie auch mal „fünf gerade sein". Es muss in Ihrer Wohnung nicht immer alles sauber und aufgeräumt sein. Sie müssen nicht immer perfekt gekleidet sein. Sie müssen auch nicht immer auf die Minute pünktlich sein.
- Lernen Sie Nein zu sagen. Sie müssen nicht immer die Fehler anderer ausbügeln und Sie müssen auch nicht jede Einladung annehmen.
- Seien Sie auch mal egoistisch und denken Sie an Ihre Erholung und Ihre Gesundheit.
- Lassen Sie sich von anderen helfen! Gegenseitige Unterstützung stärkt soziale Beziehungen!
- Bleiben Sie ruhig. Überlegen Sie in stressigen Situationen, ob es sich überhaupt lohnt, sich aufzuregen. Den Stau können Sie nicht beseitigen, den defekten Fahrstuhl nicht reparieren. Denken Sie an etwas Schönes, das Sie erlebt haben oder das noch vor Ihnen liegt.

Überlegen Sie: Welche immer wiederkehrenden Stresssituationen können Sie an Ihrem Arbeitsplatz oder in Ihrer Freizeit vermeiden?
Falls Sie trotz aller Bemühungen gelegentlich gestresst sind, hilft immer noch der Stressabbau.

Die Kraftmessung an Maschinen in Fitnessstudios kann ganz interessant sein, sie gibt aber keinesfalls ein vollständiges Bild über Ihre Rückengesundheit ab.

## Vorbeugende Maßnahmen – Pluspunkte gegen Rückenschmerzen

Hätten Sie gedacht, dass es so viele Möglichkeiten gibt, Rücken-Plus-Punkte zu sammeln und Ihre persönliche Rückenwaage ins Gleichgewicht zu bringen? Ist es nicht ermutigend, dass so viele einfache Dinge im Leben Ihr Wohlbefinden und Ihre Lebensfreude steigern können und gleichzeitig auch Ihren Rücken dabei stärken?

**Körperlich**
- Körperwahrnehmung schulen
- Sensibilität für Haltung und Bewegung schulen
- auf den allgemeinen Gesundheitszustand achten
- körperlich fit bleiben und regelmäßig körperlich aktiv sein

**Psychisch**
- positive Lebenseinstellung aufbauen bzw. bewahren
- psychische Ausgeglichenheit anstreben
- Entspannungsfähigkeit schulen
- Stressvermeidungsstrategien erlernen
- Schmerzbewältigungsstrategien erlernen

**Sozial**
- familiäre Geborgenheit anstreben
- Freundeskreis pflegen und ausbauen
- Freizeit aktiv gestalten
- auf gesundes Wohnumfeld achten

**Äußere Faktoren**
- hohe Arbeitsplatzzufriedenheit anstreben
- Ernährung bewusst gesund gestalten
- auf ganzheitliche medizinische Versorgung achten

Dafür gibt es viele Möglichkeiten, jedem hilft dabei etwas anderes. Beim einen ist es das Laufen, Schwimmen oder Radfahren, beim anderen der Spaziergang mit dem Hund, die Gartenarbeit oder das Holzhacken.

Auch spezielle Techniken zur Stressbewältigung oder Entspannung helfen weiter. Fragen Sie bei Volkshochschulen, Familienbildungsstätten oder Ihrer Krankenkasse nach entsprechenden Kursen und Workshops.

# Auf gesunde Ernährung achten

Keine Sorge, hier werden keine Ernährungsregeln und Nährwerte abgehandelt. Es ist für die Rückengesundheit ausreichend, wenn Sie sich überwiegend bewusst ernähren und auf ein normales Körpergewicht achten.

Genießen Sie die Vielfalt leckerer Salate, Gemüse- und Obstsorten. Duftende Kräuter und Öle verfeinern den Geschmack der Speisen. Vollkornbrot, Reis, Nudeln, Kartoffeln, Quark, Käse und Fisch stehen sicherlich ganz oft auf Ihrem Speiseplan. Sie trinken regelmäßig ausreichend Flüssigkeit. Bei dem Verzehr von Fleisch, Wurst, Schokolade und Plätzchen fällt Ihnen der Verzicht nicht schwer. Beim Alkohol achten Sie auf den Grundsatz „Alles in Maßen“. Kalorien müssen nicht unbedingt gezählt werden, Essen und Trinken sollen auch ein Vergnügen sein. Nehmen Sie sich auch mal Zeit für das gemeinsame Kochen in der Familie oder mit netten Freunden.

Viele wertvolle Hinweise zur gesunden Ernährung erhalten Sie im Internet unter www.dge.de.

# Test: Wie gesund ist Ihr Rücken?

Dieser Test dient der Bewusstmachung von und Sensibilisierung von rückenfreundlichen Verhaltensweisen im Alltag und am Arbeitsplatz.

Die individuelle Gesundheit des Rückens hängt von zahlreichen körperlichen und psychosozialen Faktoren ab und kann somit durch Testverfahren nur subjektiv bewertet werden. Die Fragen und Informationen basieren auf den aktuellen wissenschaftlichen Studien zum chronischen Rückenschmerz und wurden so ausgewählt, dass sie den ganzheitlichen Ansatz verfolgen.

Bitte kreuzen Sie die für Sie zutreffenden Antworten an. Die beigefügten Erläuterungen geben Ihnen noch einmal wichtige Hinweise für Ihre Rückengesundheit.

**1. Hatten Sie während der letzten fünf Jahre Rückenschmerzen?**

- ❑ nie (10)
- ❑ sehr selten (8)
- ❑ gelegentlich (6)
- ❑ häufiger (4)
- ❑ fast immer (2)

Rückenschmerzen sind ein weitverbreitetes Gesundheitsproblem.

80 Prozent der Bevölkerung haben mindestens einmal in ihrem Leben Rückenschmerzen. Erstaunlich sind die Tatsachen, dass die Mediziner bei den meisten Rückenbeschwerden keine körperlichen Ursachen finden und dass akut beginnende Rückenschmerzen in über 90 Prozent der Fälle ohne Behandlung quasi von allein verschwinden. Daraus kann abgeleitet werden, dass Rückenschmerzen nicht dramatisiert werden sollten und meistens der Rücken nicht dauerhaft geschädigt ist. Allerdings können Rückenschmerzen bei häufigem Auftreten chronisch werden und erzeugen in diesen Fällen einen erheblichen Leidensdruck.

Wollen Sie mal wieder richtig entspannen? Ab Seite 120 stellen wir Ihnen die besten Methoden vor!

**2. Wie oft müssen Sie am Arbeitsplatz einseitige Körperhaltungen einnehmen, wie z. B. langes Sitzen oder Stehen?**

- ❑ nie (10)
- ❑ sehr selten (8)
- ❑ gelegentlich (6)
- ❑ häufiger (4)
- ❑ fast immer (2)

Die Wirbelsäule ist grundsätzlich ein Bewegungsorgan. Bandscheiben, Wirbelgelenke und Rückenmuskeln leben von der Bewegung. Einseitige Körperhaltungen verringern die Beweglichkeit und die Belastbarkeit der Wirbelsäule. Ändern Sie daher möglichst häufig Ihre Körperhaltung beim Sitzen oder Stehen oder wechseln Sie möglichst oft zwischen Sitz-, Steh- und Bewegungsphasen.

Nutzen Sie Arbeitsunterbrechungen oder Pausen zur Durchführung von gymnastischen Ausgleichs- und Lockerungsübungen. Bei längeren Telefonaten bietet es sich an, zwischendurch mal aufzustehen um der monotonen Sitzhaltung entgegenzuwirken. Beim Lesen von Dokumenten können Sie z. B. an mittelhohen Schrank- oder Regalelementen ein „Stehpult" einrichten.

**3. Wie oft müssen Sie am Arbeitsplatz körperlich schwere Arbeit ausführen, wie z. B. häufiges Heben und Tragen von Lasten?**

- ❑ nie (10)
- ❑ sehr selten (8)
- ❑ gelegentlich (6)
- ❑ häufiger (4)
- ❑ fast immer (2)

Häufiges Heben und Tragen von Lasten kann auf Dauer die Bandscheiben und in der Folge die Wirbelsäule schädigen. Vermeiden Sie möglichst hohe Hebe- und Tragebelastungen. Wenn Sie z. B. Papier für Ihren Drucker aus dem Lager holen, dann gehen Sie lieber mehrfach, als direkt den ganzen Karton mitzunehmen. Die vermeintliche Zeitersparnis ist häufig sowieso nicht so groß wie man denkt. Achten Sie beim Heben (z. B. schwere Ordner aus dem untersten Regal) und Tragen (z. B. vieler Akten) auf rückengerechte Bewegungsmuster, d. h. heben Sie aus den Beinen, strecken Sie Ihren Rücken und vermeiden Sie Drehbewegungen in der Lendenwirbelsäule. Ebenso wichtig für Sie sind ausreichend gut trainierte Rücken- und Bauchmuskeln.

**4. Wie häufig achten Sie auf abwechslungsreiche, rückenfreundliche Körperhaltungen und Bewegungsabläufe am Arbeitsplatz und in der Freizeit?**

- ❑ fast immer (10)
- ❑ häufiger (8)
- ❑ gelegentlich (6)
- ❑ sehr selten (4)
- ❑ nie (2)

Keine Haltung ist so gut, dass sie über einen längeren Zeitraum eingenommen werden sollte. Achten Sie neben dem dynamischen Bewegungsverhalten beim Sitzen und Stehen auch auf die Streckung der Wirbelsäule in ihre natürliche Doppel-S-Form. Denken Sie möglichst oft an den „goldenen Faden" am Hinterkopf, der Sie nach oben zieht. Ihre rückenbewussten Verhaltensweisen sollten am Arbeitsplatz und in der Freizeit durch rückenfreundliche Verhältnisse wie beispielsweise einen ergonomischen Bürostuhl oder ein bandscheibenfreundliches Bettsystem unterstützt werden.

**5. Wie zufrieden sind Sie insgesamt mit Ihren Arbeitsbedingungen (Betriebsklima, Informationsfluss, Entlohnung, Weiterbildungs- und Aufstiegsmöglichkeiten, Arbeitszeiten etc.)?**

- ❑ absolut zufrieden (10)
- ❑ überwiegend zufrieden (8)
- ❑ im Großen und Ganzen zufrieden (6)
- ❑ überwiegend unzufrieden (4)
- ❑ absolut unzufrieden (2)

Eine hohe Arbeitszufriedenheit fördert die körperliche Aktivität und verhindert den vorzeitigen Rückzug in die Passivität. Freude, Spaß und Zufriedenheit bei der Arbeit lenken Sie am ehesten von gelegentlich auftretenden Rückenschmerzen ab.

Führen Sie diesen Test auch einmal in Ihrer Familie oder mit Freunden durch.

**6. Wie oft treiben Sie gesundheitsförderlichen Sport, wie z. B. Gymnastik, Joggen, Schwimmen, Tanzen, Walking, Wandern?**

- ❑ regelmäßig, mehr als vier Stunden in der Woche (10)
- ❑ regelmäßig, zwei bis vier Stunden in der Woche (8)
- ❑ regelmäßig, ein bis zwei Stunden in der Woche (6)
- ❑ weniger als eine Stunde in der Woche (4)
- ❑ keine sportliche Betätigung (2)

Regelmäßig ausgeübter Gesundheitssport fördert unbestritten die Rückengesundheit. Gesundheitsorientierte Bewegungsprogramme stärken Ihre Muskulatur und erhalten Ihre Beweglichkeit, steigern Ihre Ausdauer und bauen krankmachenden Stress ab. Allerdings sollte dabei möglichst die Freude und der Spaß an der Bewegung im Vordergrund stehen und nicht die sportliche Leistung.

**7. Wie oft bewegen Sie sich in der Freizeit, z. B. Gartenarbeit, Spazierengehen, Radfahren, Treppensteigen?**

Nur wenigen Menschen ist bekannt, dass Raucher überdurchschnittlich oft Verschleißerscheinungen an den Bandscheiben haben.

- ❑ mehrmals täglich (10)
- ❑ täglich (8)
- ❑ fast täglich (6)
- ❑ selten (4)
- ❑ nie (2)

Sie können durch alltägliche Bewegungsaktivitäten Ihre Rückengesundheit fördern. Es ist nicht zwingend notwendig, systematische Trainingsprogramme im Fitness- oder Gesundheitsstudio zu absolvieren. Ihr Rücken wird es Ihnen danken, wenn Sie täglich und dauerhaft möglichst viele körperlichen Bewegungen mit Freude und Wohlbefinden ausführen. Bewegung sollte zu Ihrem normalen Lebensstil gehören.

**8. Wie häufig kommt es vor, dass Sie gestresst oder bedrückt sind?**

- ❑ nie (10)
- ❑ eher selten (8)
- ❑ gelegentlich (6)
- ❑ (fast) täglich (4)
- ❑ mehrmals täglich (2)

Psychische Faktoren spielen in der heutigen, oft hektischen Zeit beim Entstehen von Rückenschmerzen eine besonders wichtige Rolle. Seelischer Stress erhöht die Spannung in der Rückenmuskulatur. Diese Spannungszunahme setzt sich auf die Bandscheiben fort, wodurch ihre normale „Ernährung" gestört wird. Dadurch erklärt sich die negative Wirkung von dauerhaftem Stress auf den Rücken.

**9. Haben Sie früher geraucht oder rauchen Sie zur Zeit?**

- ❑ habe noch nie geraucht (10)
- ❑ habe früher geraucht, jetzt nicht mehr (8)
- ❑ rauche gelegentlich (weniger als durchschnittlich sieben Zigaretten pro Woche) (6)
- ❑ rauche täglich, aber weniger als vier Zigaretten pro Tag (4)
- ❑ rauche täglich vier Zigaretten und mehr (2)

Rauchen schädigt neben anderen Organen nicht nur das Herz-Kreislauf- und das Atemsystem, sondern wirkt sich auch nachteilig auf die Wirbelsäule aus. Bei Rauchern werden die Bandscheiben nur unzureichend „ernährt", was wiederum zu ihrem frühzeitigen Verschleiß führt. Verschlissene Bandscheiben schwächen die Wirbelsäule und Rückenschmerzen können die Folge sein. Je mehr Sie rauchen, desto stärker wirkt sich also das „Gefäßgift" Nikotin schädigend auf die Bandscheiben aus.

**10. Wie beurteilen Sie die schmerzlindernde Wirkung der körperlichen Aktivität bei Rückenbeschwerden?**

- ❑ hilft mir immer (10)
- ❑ oft wirksam (8)
- ❑ manchmal wirksam (6)
- ❑ selten wirksam (4)
- ❑ hilft mir nicht (2)

Der wichtigste Schutzfaktor für einen gesunden Rücken ist die körperliche Aktivität am Arbeitsplatz und in der Freizeit. Daher empfehlen immer mehr Ärzte bei Rückenschmerzen nicht Bettruhe, sondern die reduzierte Fortführung der alltäglichen Aktivität.
Lernen Sie die Signale Ihres Rückens zu erkennen und verbessern Sie fortlaufend Ihre Körperwahrnehmung und Ihre Entspannungsfähigkeit.

## Testauswertung

Bitte zählen Sie die erreichten Punkte der jeweils von Ihnen angekreuzten Antworten zusammen.

**100–80 Punkte:**
Sie haben ein sehr gutes Ergebnis erreicht und brauchen sich um Ihre Rückengesundheit keine Gedanken zu machen. Bleiben Sie weiterhin so rückenbewusst und aktiv.

**79–60 Punkte:**
Sie haben ein gutes Ergebnis erreicht und können mit Ihrer Rückengesundheit zufrieden sein. Treiben Sie regelmäßig gesundheitsorientierten Sport und/oder nutzen Sie die positiven Wirkungen der täglichen Bewegungsaktivitäten.

**59–40 Punkte:**
Sie sollten auf die Signale Ihres Rückens achten. Spezielle Maßnahmen zur Rückengesundheit sind für Sie empfehlenswert. Interessieren Sie sich für einen Rückenschul-, Walking-, Fitness- oder Entspannungskurs?

**39–20 Punkte:**
Sie sollten unbedingt spezielle Maßnahmen zur Rückengesundheit ergreifen. Achten Sie auf Ihre Körperhaltung und bewegen Sie sich möglichst viel in der Freizeit und an Ihrem Arbeitsplatz. Bemühen Sie sich auch um den psychischen Ausgleich am Arbeitsplatz und in der Freizeit. Binden Sie sich langfristig an gesundheitsorientierte Bewegungsangebote und nutzen Sie die Angebote von Rückenschulen.

Hinweis:
Dieser Rückentest ersetzt keinesfalls eine ärztliche Untersuchung Ihrer Wirbelsäule. Bei heftigen, akuten Rückenschmerzen und insbesondere bei Taubheits- oder Lähmungserscheinungen, sollten Sie unbedingt einen Arzt aufsuchen.

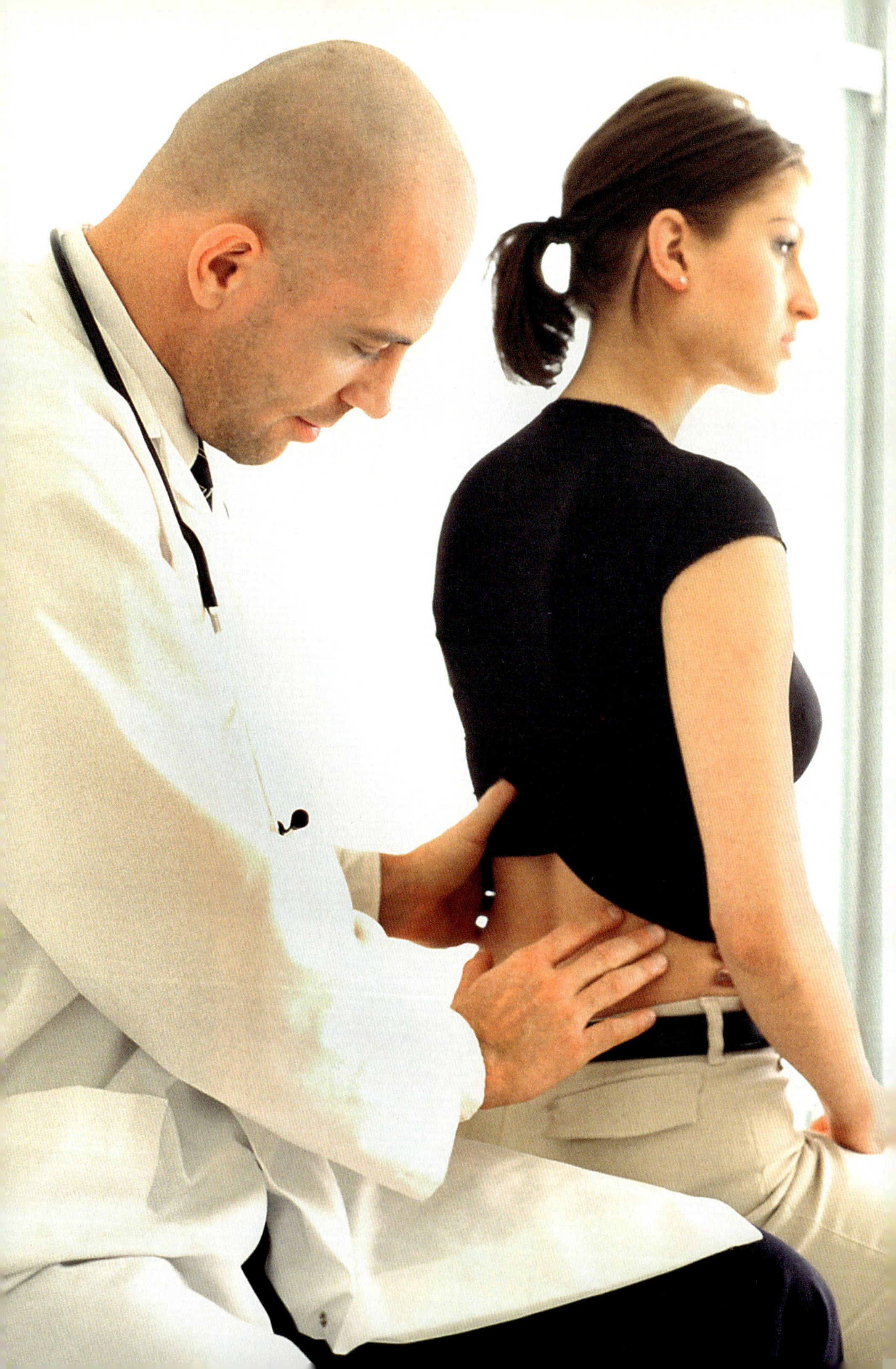

# Die Diagnose meiner Rückenschmerzen

**Trotz aller vorbeugenden Maßnahmen kann aber jeder Mensch doch irgendwann einmal Rückenschmerzen bekommen. Das folgende Kapitel soll Sie in die Lage versetzen, selbst festzustellen, woher sie kommen könnten. Außerdem lernen Sie die diagnostischen Möglichkeiten eines Arztes kennen.**

## Die Eigendiagnose – der erste Schritt

### Wo haben Sie Beschwerden?

Als erstes gilt es, die Schmerzen oder sonstigen Beschwerden genau zu lokalisieren. Wo tut es weh, wo ist es verspannt, wo ist eine Bewegung unangenehm? Haben sich die Schmerzen eher langsam entwickelt oder sind sie plötzlich aufgetreten? Strahlt der Schmerz in andere Regionen aus?

Oben (siehe Seite 80 ff.):
- Halswirbelsäule, Nacken
- Schulter
- Arme

Mitte (siehe Seite 85 f.):
- Brustwirbelsäule
- Brustkorb

Unten (siehe Seite 87 ff.):
- Lendenwirbelsäule
- Becken, Hüfte
- Beine

## Beschwerden im oberen Bereich

Nun gilt es, Ihre Beschwerden genauer zu beschreiben. Welche der nachfolgenden Aussagen trifft zu?

- Ich spüre eine Verspannung und Verhärtung an der Halswirbelsäule.
- Ich spüre eine schmerzhafte Bewegungssteife und eine eingeschränkte Beweglichkeit der Halswirbelsäule und des Kopfes.
- Ich spüre ausstrahlende Schmerzen in die Schulter und in den Arm.
- Ich spüre einen Belastungs- und Anspannungsschmerz im Ellbogengelenk (sogenannter Tennisellbogen).
- Ich spüre einen Bewegungsschmerz im Hand- und Daumengelenk (sogenanntes Karpaltunnel-Syndrom).
- Meine Hände oder Finger „schlafen ein".
- Ich leide unter Kopfschmerzen, Schwindel oder Ohrgeräuschen (Tinnitus).

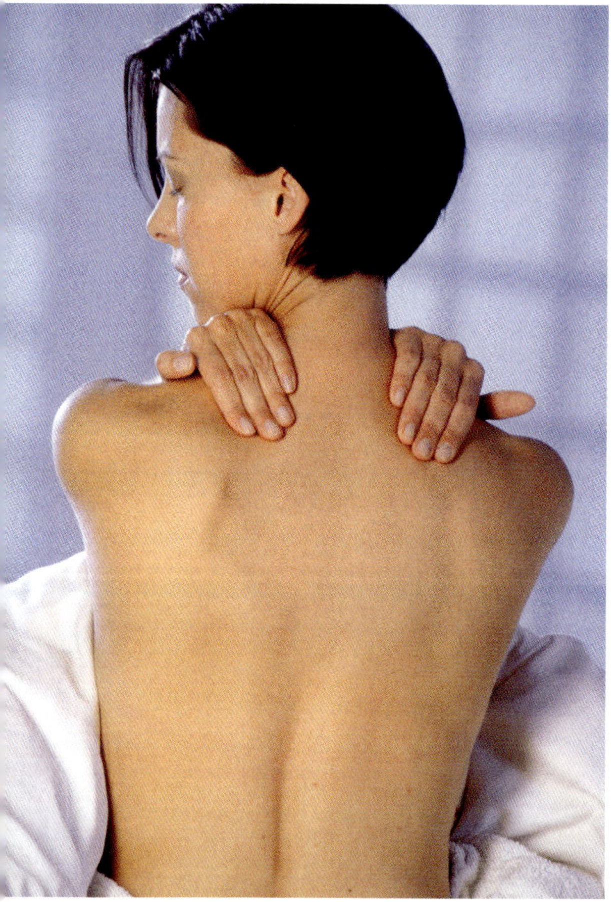

Die möglichen Ursachen für Beschwerden in der Schulter-Nacken-Region sind vielfältig. Sie spiegeln die hohe Sensibilität und besondere Anfälligkeit dieses Wirbelsäulenabschnittes wider.
Die Halswirbelsäule reagiert besonders empfindlich auf körperliche, psychische und klimatische Belastungen.

## Mögliche Ursachen

### Psychische Einflüsse

Es gibt viele Begriffe und Redewendungen, die den Zusammenhang zwischen dem psychischen Stress und den Hals-Nacken-Beschwerden beschreiben. Sicher haben Sie einige davon schon gehört:

- „Das sitzt mir im Nacken"
- „Nackenschläge bekommen"

Die Halswirbelsäule ist sehr beweglich. Sie hat wichtige Sinnesleistungen zu erfüllen und muss den etwa fünf Kilogramm schweren Kopf balancieren.

- „Eine Last auf den Schultern tragen“
- „Den Kopf unter den Armen tragen“

Beobachten Sie sich einmal selbst, wie Sie in besonderen Stresssituationen reagieren. Bei einem lauten Knall etwa oder in einer kritischen Situation im Straßenverkehr. Ziehen Sie automatisch Ihre Schultern hoch?
Das Schulter-Hochziehen ist eine unwillkürliche Bewegung zum Schutz des Nackens oder der Kehle. Dieses Schulter-Hochziehen hat keine negativen Folgen, wenn es als Reaktion nur selten vorkommt. Sind Sie allerdings einem dauerhaften Stress ausgeliefert, so erhöht sich auch dauerhaft die Muskelspannung in Ihrer Schulter-Nacken-Region. Die Kopfhaltung spiegelt besonders deutlich Ihre jeweilige psychische Verfassung wider. Sind Sie in einer seelisch schlechten Verfassung, dann lassen Sie den Kopf eher hängen, ziehen die Schultern hoch und wären am liebsten unsichtbar.

Ganz anders, wenn es Ihnen gut geht, da heißt es: Kopf hoch! Sie strecken Ihren Hals und halten die Schultern gerade.

### Ungünstige Belastungen am Arbeitsplatz

Der etwa fünf Kilogramm schwere Kopf sollte beim Sitzen, Stehen und Gehen auf der Halswirbelsäule im Lot ausbalanciert werden. Diese Forderung ist in der Arbeitswelt nicht immer zu erfüllen.

Der Hals ist das Verbindungsteil zwischen Kopf und Rumpf. Die Kopfhaltung hat Einfluss auf die Durchblutung des Gehirns.

Denken Sie nur an die vielen Bildschirmarbeitsplätze.
Häufig wird der Kopf über Stunden nach vorn geneigt gehalten. Diese Arbeitshaltung überfordert die Nackenmuskulatur. Nackenverspannungen und weitere Beschwerden in der Schulter-Nacken-Region können die Folge sein.
Tätigkeiten an Fließbändern erfordern von den Mitarbeitern nicht nur eine vorgeneigte Kopfhaltung. Zusätzlich müssen mit den Händen vor dem Körper auch noch Gegenstände bewegt werden. Das monotone Anheben der Arme überlastet auf Dauer die Schultermuskulatur. Falls an diesen Arbeitsplätzen keine wechselnde Tätigkeiten oder Ausgleichsübungen möglich sind, müssen Fließbandarbeiter mit Beschwerden in den Schultern und im Nacken rechnen.
Besonders ungünstig für die Halswirbelsäule sind Überkopfarbeiten, wie sie z. B. in KFZ-Werkstätten oder in Malerbetrieben erforderlich sind. Ein lang andauerndes Hochhalten der Arme über den Kopf und ein starkes Zurückneigen des Kopfes belasten die Halswirbelsäule sehr.

### Muskelverspannungen und Erkrankungen

Schmerzhafte Bewegungssteife und eingeschränkte Beweglichkeit der Halswirbelsäule und des Kopfes können direkt mit der Verspannung in der Nackenmuskulatur zusammenhängen. Der verspannte Muskel lässt sich nicht dehnen und somit sind die Bewegungen wie z. B. die Drehung des Kopfes eingeschränkt.
Bei Blockierungen der Wirbelgelenke verursachen deren Gelenkkapseln reflexartig eine schmerzhafte Muskelanspannung. Ebenso kann der Schmerz durch kleine Muskeln, die direkt an der Wirbelsäule ansetzen, ausgelöst werden.
Blockierungen in der Halswirbelsäule können entstehen durch:

- einseitig verspannte Nackenmuskeln,
- ruckartige Kopfbewegungen (beispielsweise beim Sport),
- Überdehnung der Wirbelsäule (z. B. das „Schleudertrauma"),
- Wirbelsäulenkrankheiten,
- Bandscheibenveränderungen.

Ausstrahlende Schmerzen in den Arm oder das Einschlafen der Hände oder Finger können von Muskelverspannungen, Wirbelgelenkblockierungen oder durch einen Bandscheibenvorfall ausgelöst werden. In fast allen Fällen ist daran eine Kompression oder Einengung der Nervenwurzel am Austrittsort der Halswirbelsäule beteiligt.
Kopfschmerzen, Schwindel oder Ohrgeräusche können durch eine Erkrankung der Halswirbelsäule verursacht werden. Besondere Bedeutung hat dabei der Über-

## Infoblock Muskelverspannungen

Muskelverspannungen sind Verhärtungen der Muskulatur. Sie entstehen durch die unwillkürliche Kontraktion (= Zusammenziehung, Anspannung) der Muskeln. Die Verspannungen treten in einzelnen Muskelfasern oder im ganzen Muskel auf. Mögliche Ursachen:

- Fehlhaltung, Haltungsschwäche
- muskuläres Ungleichgewicht
- Überlastung der Gelenke und der Muskulatur
- Blockierung der Wirbelgelenke und der Wirbelkörper
- Erkrankung innerer Organe (z. B. Herz, Nieren)
- Erkrankung des Atemsystems (z. B. Asthma, Bronchitis)
- Hautentzündungen (z. B. Schuppenflechte oder Sonnenbrand)
- Kälte (Kältezittern), Zugluft
- Psychischer Stress
- Persönlichkeitsmerkmale (z. B. ausgeprägtes Pflichtbewusstsein)

Kurzzeitig können Muskelanspannungen biologisch sinnvoll sein, da sie die Bewegung der Wirbelsäule und aller anderer Gelenke einschränken (Schutzfunktion). Sind die Muskeln aber dauerhaft verspannt, so hat dies unangenehme Folgen:

- Spannungsschmerz
- Durchblutungsstörung durch Einengung der Blutgefäße
- Muskelübersäuerung durch Bildung von Milchsäure
- Ausschüttung von Schmerzstoffen
- verstärkter Muskelreiz durch lokale Entzündung
- Ansammlung von Gewebeflüssigkeit (Lymphstau)
- Druckerhöhung auf muskelnahe Nerven (Nervenreizung)
- Übergang der schützenden Funktion zur Fehlfunktion (Fehlstellung)
- Einnehmen einer Schonhaltung mit verstärkter Passivität
- Verschlechterung der Bewegungskoordination
- Bei chronischer Muskelverspannung kann Muskelgewebe in minderwertiges Bindegewebe umgewandelt werden (Bildung von Myogelosen).
- Die erhöhte Muskelspannung setzt die Bandscheiben und die Wirbelgelenke unter Druck. Abgenutzte Bandscheiben und Wirbelgelenke erhöhen das Risiko für Rückenbeschwerden.
- Dauerhafte Muskelspannungen führen zu psychischen Anspannungen.

Muskelverspannungen zeigen deutlich das Zusammenspiel von Körper und Psyche.

gang von der Halswirbelsäule zum Schädel. An dieser Stelle geht das Gehirn in das Rückenmark über.

Eine anatomische Besonderheit der Halswirbelsäule ist der beidseitige Verlauf einer wichtigen Arterie (Ateria vertebralis) durch spezielle Löcher in den Halswirbeln. Knöcherne Veränderungen der Halswirbelsäule und extreme Muskelverhärtungen im Nacken verursachen häufig eine Einengung dieser Gefäßdurchtrittslöcher. Die Folge ist eine verminderte Blutzufuhr zum Gehirn.

Die dadurch verursachten Durchblutungsstörungen im Kopfbereich beeinträchtigen die Leistungen des Gehörs, des Gleichgewichtssinns im Innenohr und sogar der Augen.

Ebenso können die unangenehmen Beschwerden durch eine Reizung der Rückenmarkshaut (Dura) oder des Rückenmarks entstehen. Hauptverursacher sind knöcherne Veränderungen an den Wirbelgelenken und Wirbelkörpern der Halswirbelsäule, aber auch abgenutzte oder vorgewölbte Bandscheiben.

### Zahnstellung und Tragen einer Brille

Erstaunlich klingt für Sie vielleicht die Erkenntnis, dass selbst geringfügige Veränderungen an der Zahnstellung (z. B. durch Zahnspangen) Beschwerden im Nacken verursachen können.

Eine veränderte Zahnstellung hat aber einen Einfluss auf die Kiefergelenke. Da die Kiefergelenke

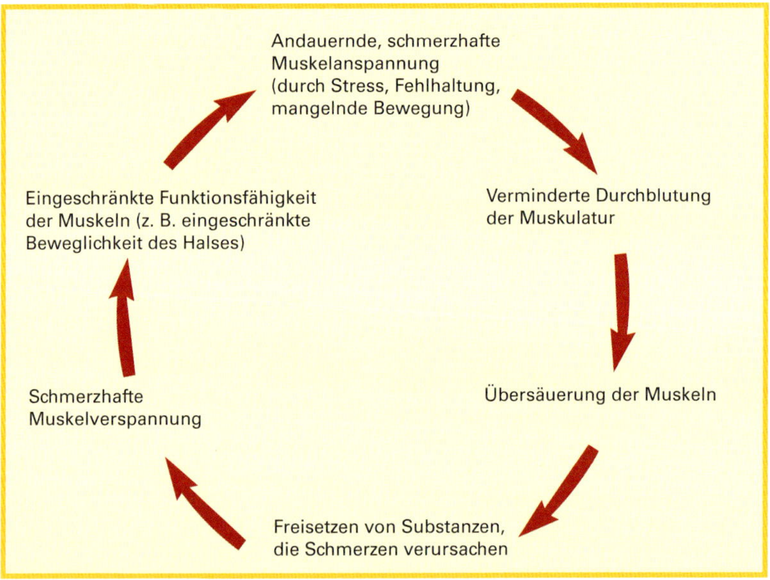


Verspannte Muskeln können einen regelrechten Schmerzkreislauf auslösen.

wiederum mit der Halswirbelsäule verbunden sind, beeinflusst die Zahnstellung unmittelbar die Stellung der Halswirbelsäule. Ebenso kann eine ungeeignete Brille am Bildschirmarbeitsplatz oder beim Autofahren zu einer Zwangshaltung des Kopfes führen. Diese Zwangshaltung kann die Ursache für Beschwerden in der Halswirbelsäule sein.

## Wann sollten Sie einen Arzt aufsuchen?

Leichten Verspannungen kann man auch mit mehr Bewegung oder ähnlichen, einfachen Mitteln (siehe Seite 105 f.) begegnen. Unbedingt einen Arzt aufsuchen sollten Sie aber, wenn folgende Beschwerden auftreten:

- Schmerzen, die länger als zwei bis vier Wochen anhalten
- sehr starke Schmerzen, die plötzlich auftreten
- immer stärker werdende Kopfschmerzen, starke Nackensteifigkeit, Schwindelanfälle oder Übelkeit
- Schmerzausstrahlungen in den Arm
- Gefühlsminderung in einem oder mehreren Fingern
- Schmerzen oder Verspannungen, die bei Bewegung zunehmen
- Drehschwindel oder Erbrechen
- Hörsturz oder Ohrgeräusche (Tinnitus)

## Beschwerden im mittleren Bereich

Wenn Sie in diesem Bereich Beschwerden haben, können diese unterschiedlicher Art sein. Welche der folgenden Aussagen trifft für Sie zu?

- Ich spüre in den vorderen Brustbereich ausstrahlende Schmerzen.
- Ich habe Schmerzen, die entlang der Rippen ausstrahlen.
- Ich habe Beschwerden beim Ein- und Ausatmen.
- Ich empfinde ein Engegefühl im Brustkorb.

Die Brustwirbelsäule ist nicht so anfällig für Beschwerden, da der Brustkorb ihre Beweglichkeit einschränkt.

## Mögliche Ursachen

Schmerzen im Bereich der Brustwirbelsäule entstehen oft durch Überlastung der Rückenmuskulatur oder durch Blockierungen der Wirbelgelenke.
Häufige Auslöser dafür sind:

- langes Sitzen mit rundem Rücken,
- Überlastungen beim Heben, Tragen, Schieben und Ziehen von Gegenständen,
- einseitige Drehbewegungen im Oberkörper (z. B. beim Graben mit einem Spaten oder beim Tennisspielen),
- intensive Haltearbeit mit den Armen (z. B. bei Tätigkeiten in der Gastronomie oder im Verkauf),
- ungünstiges Liegen (z. B. auf Luftmatratzen, Isomatten oder in Betten mit schlechten Matratzen),
- Wirbelsäulenerkrankungen.

## Wann sollten Sie einen Arzt aufsuchen?

Wenn Ihre Beschwerden trotz Ursachenforschung und Beseitigung der Auslöser sich nicht bessern, dann sollten Sie einen Arzt aufsuchen, insbesondere,

- wenn die Schmerzen länger als zwei Wochen anhalten,
- wenn die Schmerzen plötzlich sehr stark werden,
- wenn die Schmerzen in den Nacken oder in den vorderen Brustbereich ausstrahlen,
- wenn Sie ein Taubheitsgefühl oder ein Kribbeln in den Armen spüren,
- wenn Sie ein Schwächegefühl in der Rumpfmuskulatur bemerken,
- wenn der Schmerz in den Brustkorb ausstrahlt oder Sie Schmerzen beim Atmen haben,
- wenn Atemnot oder Herzrasen auftreten.

Ein plötzlicher starker Schmerz in der linken Brustseite mit Ausstrahlung in die linke Schulter und/oder den Arm ist das typische Anzeichen für den akuten Herzinfarkt.

Bei einer Wirbelgelenkblockierung ist das normale Gelenkspiel in den Wirbelgelenken gestört. Ein blockiertes Gelenk lässt sich mit einer verklemmten Schublade vergleichen.

### Infoblock Bewegungseinschränkungen

Eine Bewegungseinschränkung ist eine deutliche Verminderung der normalen Beweglichkeit. In extremen Fällen ist ein Wirbelsäulenabschnitt sogar in einer Stellung fixiert, wie z. B. beim Schiefhals. Mögliche Ursachen für eine Bewegungseinschränkung sind:

- Muskelverspannungen,
- eine Wirbelgelenkblockierung,
- Erkrankungen der Wirbelsäule (z. B. Osteoporose, Morbus Bechterew, Bandscheibenvorfall),
- Erkrankungen des Nervensystems (z. B. Schlaganfall, Parkinson, Multiple Sklerose),
- eine Verletzung durch Unfall oder Sturz.

Die eingeschränkte Bewegungsfähigkeit kann vielfältige Folgen und Wirkungen haben:

- Gelenk- und Muskelschmerzen,
- Vermehrung der Muskelanspannung,
- Verlust der muskulären Balance,
- Zunahme der Fehlhaltung,
- Koordinationsstörungen,
- Angst vor Bewegung und Verringerung der körperlichen Aktivität,
- Niedergeschlagenheit oder gedrückte Stimmung.

## Beschwerden im unteren Bereich

Wie sehen Ihre Beschwerden genau aus? Welche Aussagen treffen auf Sie zu?

- Im Lendenbereich sind meine Muskeln verhärtet und verkrampft.
- Ich bemerke eine Bewegungssteife im unteren Rücken.
- Ich habe Schmerzen, die in die Hüften und/oder die Beine ausstrahlen.
- Bei Belastung spüre ich Schmerzen in den Hüftgelenken, die mir das Gehen schwer machen.
- Meine Beine oder Füße „schlafen oft ein".

## Mögliche Ursachen

Auch die Beschwerden in diesem Bereich können sehr unterschiedliche Ursachen haben:

- hohe körperliche Belastung (bei der Arbeit, in der Freizeit oder beim Sport),
- mangelnde und einseitige Bewegung durch vorwiegendes Sitzen,
- schwach ausgebildete Rumpfmuskeln,
- Erkrankungen innerer Organe (z. B. Niere, Darm, Blase, Gebärmutter, Prostata),
- Funktionsstörung des Beckens (z. B. Schwäche des Beckenbodens),
- Durchblutungsstörungen in den Beinen (besonders bei älteren Menschen),
- Witterungseinflüsse (z. B. Zugluft oder Kälte),
- andauernder psychischer Stress,
- als unbefriedigend empfundenes Sexualleben.

Eine Störung im Zusammenspiel zwischen der Lendenwirbelsäule, dem Becken und den Hüftgelenken bedingt häufig:

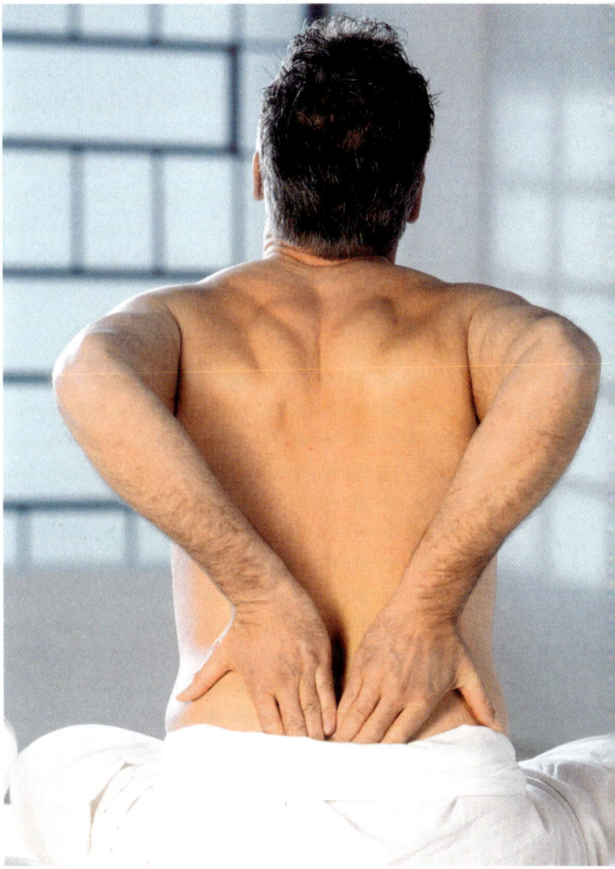

## Infoblock: Ausstrahlende Schmerzen

Ausstrahlende Schmerzen sind Missempfindungen, die sich – von der Wirbelsäule und anderen Organen ausgehend – in den Körper ausbreiten. Diese Missempfindungen werden immer von Nerven fortgeleitet.
Ausgangspunkt der Nervenreizung sind in den meisten Fällen die Spinalnerven. Diese verlassen den Wirbelkanal (= Rückenmarkskanal) durch die Zwischenwirbellöcher der einzelnen Wirbel.
Insgesamt treten 33 Spinalnerven von der Halswirbelsäule bis zum Steißbein aus dem Rückenmark. Sie haben nicht nur eine nervliche Verbindung zu den Skelettmuskeln und den inneren Organen, sondern auch zur gesamten Hautoberfläche. Ein Spinalnerv versorgt jeweils einen ganz bestimmten Hautbereich (Dermatom). Somit kann von den ausstrahlenden Schmerzen der ganze Körper betroffen sein.
Ein bekanntes Beispiel für ausstrahlende Schmerzen ist die Reizung des Ischiasnerves. Sie hat einen bohrenden oder ziehenden Schmerz zur Folge, der vom Gesäß in den Ober- und Unterschenkel ausstrahlt, oft sogar bis in die Zehen.
Ausstrahlende Schmerzen in die Arme, manchmal bis in die Fingerspitzen, können auf eine Reizung der Spinalnerven der Halswirbelsäule hinweisen. Dieses Beschwerdebild wird auch „Schulter-Arm-Syndrom" genannt. Gelegentlich ist es daran erkennbar, dass die Betroffenen den Kopf schief halten (Schiefhals), weil in dieser Stellung die Schmerzen zunächst erträglicher sind.
Seltener betroffen sind die Nerven der Brustwirbelsäule. Werden diese gereizt, kann das beispielsweise zu Herzrhythmusstörungen führen. Störungen beim Austritt der Spinalnerven aus dem Rückenmark (bedingt z. B. durch einen

**Der Rückenmarkskanal in der Wirbelsäule**

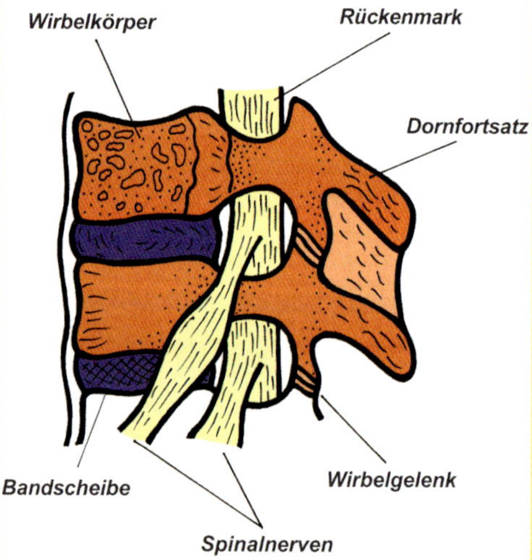


Nicht jeder Rückenschmerz hat seine Ursachen im Rücken. Bei zahlreichen inneren Erkrankungen kommt es zu einer Schmerzausstrahlung in den Rücken.

Bandscheibenvorfall) können Taubheitsgefühle in ganz bestimmten Hautabschnitten auslösen.

Mögliche Ursachen ausstrahlender Schmerzen:
- jegliche Reizung der Nervenwurzel (also an der Abzweigung des Spinalnervs vom Rückenmark),
- verspannte und verhärtete Rückenmuskeln,
- vorgewölbte oder vorgefallene Bandscheiben,
- lokale Blutergüsse und Schwellungen,
- Einengung der Nervenaustrittslöcher durch Knochenanlagerung.

Folgen und Wirkungen:
- Gefühlsstörung und Missempfindungen auf der Haut (z. B. Brennen, Kribbeln),
- Taubheitsgefühl der Hautoberfläche,
- Kraftminderung der Muskulatur,
- schmerzhaftes „Ziehen" in der Muskulatur und/oder in Gelenken,
- Schmerzen und Bewegungsstörungen im Schulter- und Nackenbereich mit Ausstrahlung in die Arme,
- Schmerzen und Bewegungsstörungen im unteren Rücken mit Ausstrahlung in die Beine,
- Funktionsstörungen der inneren Organe, insbesondere Blase, Enddarm und Geschlechtsorgane.

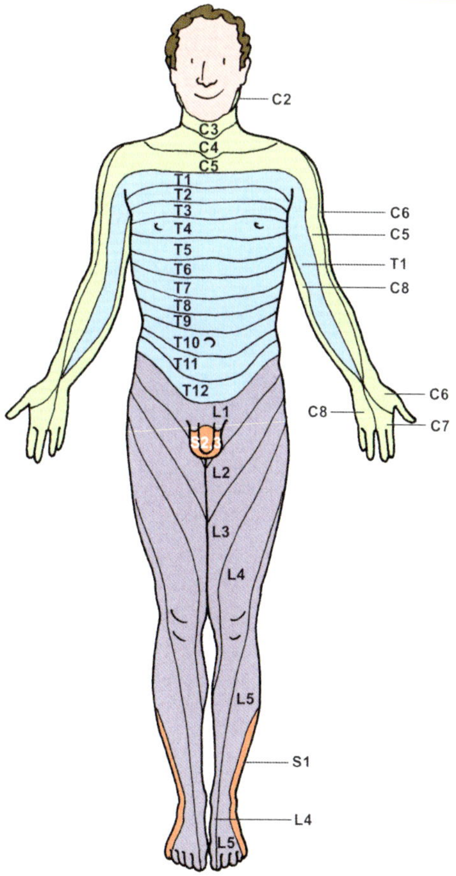


Jeder Spinalnerv versorgt einen bestimmten Hautbereich. Dieser Hautbereich wird Dermatom genannt. Die Spinalnerven aus der Halswirbelsäule werden mit „C" für cervical bezeichnet, die Nerven aus der Brustwirbelsäule mit „T" für thoracal, die Nerven aus der Lendenwirbelsäule mit „L" für lumbal und die Nerven aus dem Kreuzbein mit „S" für sacrum.

- Schmerzen in den Beinen,
- „Einschlafen" der Beine oder der Füße
- Gehstörungen,
- Beinlängendifferenz mit Beckenschiefstand,
- Blockierungen in den Darmbeingelenken (Iliosakralgelenke).

### Wann sollten Sie einen Arzt aufsuchen?

Wenn Ihre Beschwerden trotz Vermeidung offensichtlicher Ursachen (siehe oben) sich nicht bessern, dann sollten Sie einen Arzt zurate ziehen, inbesondere,

- wenn die Schmerzen länger als zwei Wochen anhalten,
- wenn plötzlich sehr starke Schmerzen auftreten,
- wenn die Schmerzen in den Gesäßbereich, die Kniegelenke oder die Füße ausstrahlen,
- wenn Sie ein Taubheitsgefühl oder ein Kribbeln im Bereich der Beine spüren,
- wenn Sie ein Schwächegefühl der Bein- und Fußmuskulatur bemerken.

Achtung! Bei einem plötzlichen Verlust der Kontrolle über die Blasen- oder Darmfunktion müssen Sie sofort einen Arzt aufsuchen!

## Wie macht sich der Arzt ein Bild?

Die Voraussetzung für eine erfolgreiche Behandlung ist die richtige Diagnose. Ihr Arzt versucht die Ursachen der Erkrankung zu erkennen, um die jeweils richtige Therapie einzuleiten.

Wenn Sie Rückenbeschwerden haben, sollte Ihr Hausarzt der erste Ansprechpartner sein. Er kann die Erstuntersuchung durchführen und gegebenenfalls eine Behandlung mit Krankengymnastik, Elektrotherapie oder Medikamenten einleiten.

Falls sich daraufhin Ihre Beschwerden nach vier bis sechs Wochen nicht deutlich gebessert haben, sollte eine Weiterbehandlung beim Facharzt (z. B. beim Orthopäden) veranlasst werden.

### Das Arztgespräch

Das Gespräch mit dem Arzt (man nennt dieses Gespräch auch „Anamnese") hat große Bedeutung für die Abklärung möglicher Schmerzursachen und für die Planung einer geeigneten Behandlung.
Der Arzt wird Ihnen dabei eine ganze Menge Fragen stellen. Da ist es gut, wenn Sie sich schon vorbereitet haben. Gehen Sie die folgenden Fragen einmal in Ruhe durch und notieren Sie sich die

## Die diagnostischen Möglichkeiten des Arztes

Um den Ursachen Ihrer Beschwerden auf die Spur zu kommen, stehen dem Arzt eine ganze Reihe von Untersuchungsmöglichkeiten zur Verfügung. Oft lassen sich die Gründe für Rückenschmerzen schon in einem Gespräch herausfinden. Manchmal ist die Ursachenforschung und Diagnosestellung aber auch ein langwieriger Prozess, der den Einsatz spezieller Untersuchungsmethoden erfordert.
Dazu hat Ihr Arzt folgende Möglichkeiten:

- Arztgespräch (Anamnese)
- körperliche Untersuchung
- Blutuntersuchung
- Röntgenuntersuchung
- Computertomografie
- Kernspintomografie
- Skelettszintigrafie
- Elektromyografie (EMG)
- Bandscheibendarstellung
- Rückenmarksdarstellung (Myelografie)
- optische Rückenoberflächenvermessung (Video-Raster-Stereografie)
- diagnostische Infiltrationen

Viele Ärzte benutzen auch einen Fragebogen, um Ihre Angaben zum Schmerzgeschehen zu erfassen. Nehmen Sie sich Zeit, möglichst alle Fragen so genau wie möglich zu beantworten.

Antworten. Auch Fragen, die dabei auftauchen, sollten Sie vorsorglich aufschreiben. Erfahrungsgemäß hat man nämlich bis zum Untersuchungstermin vieles wieder vergessen.

- Wann ist der Schmerz erstmals aufgetreten?
- An welcher Stelle des Körpers spüren Sie den Hauptschmerz? Von wo geht dieser aus?
- Welcher Art ist der Schmerz? Ist er dumpf, ziehend, elektrisierend? Haben Sie andere Beschreibungsmöglichkeiten dafür?
- Gab es ein auslösendes Ereignis? Etwa einen Unfall, Sturz oder eine außergewöhnliche körperliche Belastung?
- Wodurch wird der Schmerz ausgelöst oder verschlimmert?
- Was empfinden Sie beim schweren Heben oder Tragen, beim Bücken, beim Husten oder Niesen? Ist der Schmerz von der Körperhaltung abhängig?
- Wodurch wird der Schmerz gelindert? Helfen Bewegung, Wärme oder Ruhe?
- Wie ist der zeitliche Verlauf der Schmerzen? Nehmen sie im Laufe desTages zu oder bessern sie sich durch die tägliche Bewegung?

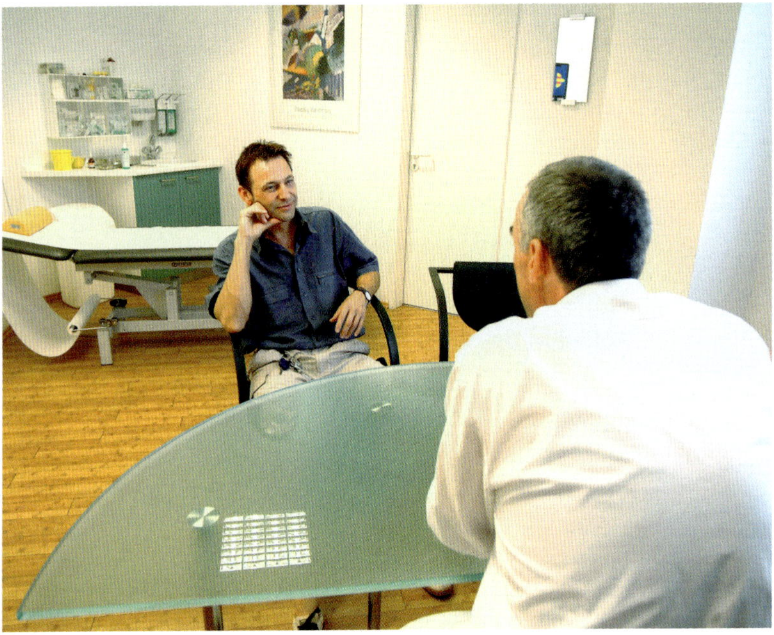

Seien Sie nicht überrascht, wenn Ihr Arzt Sie auch zu Ihrem beruflichen, sozialen und seelischen Befinden befragt. Er muss Sie als ganzen Menschen mit Körper und Seele behandeln.

- Waren Sie wegen dieser Schmerzen schon einmal in Behandlung? War diese Behandlung erfolgreich?
- Haben Sie andere weitere Erkrankungen? Etwa frühere Unfälle, Operationen oder chronische Krankheiten?
- Was machen Sie beruflich? Welche Körperhaltungen (z. B. Sitzen, Stehen) oder Bewegungen (z. B. Bücken, Heben, Tragen) müssen Sie oft einnehmen bzw. ausführen?
- Wie gestalten Sie Ihre Freizeit? Welche Hobbys haben Sie? Betreiben Sie eine Sportart? Wie oft üben Sie diese aus?
- Leiden Sie unter beruflichem oder persönlichem Stress?
- Sind Sie häufig niedergeschlagen oder gar depressiv?
- Haben Sie ein für Sie befriedigendes Sexualleben?
- Spielen Suchtmittel in Ihrem Leben eine Rolle?
- Belasten Sie besondere private oder berufliche Umstände?
- Rauchen Sie?
- Wie ernähren Sie sich?
- Glauben Sie, dass Sie Ihre Rückenprobleme in den Griff bekommen können?

Vielleicht wundern Sie sich über die Vielfalt der Fragen. Diese ist aber berechtigt, da die Rückenschmerzen zahlreiche Ursachen haben können. Es ist für Ihre Genesung wichtig, dass der Arzt nicht nur auf Ihren Rücken sieht, sondern bei der Diagnose Ihre körperlichen, psychischen und sozialen Voraussetzungen berücksichtigt. Schließlich geht nicht nur Ihre Wirbelsäule zum Arzt, sondern Sie in Ihrer ganzen Person.

## Körperliche Untersuchung

Bereits bei der ersten Kontaktaufnahme erhält der Arzt wichtige Informationen über Ihren Gesundheitszustand. Er beobachtet, wie Sie das Untersuchungszimmer betreten. Er nimmt Ihren Gang wahr, er sieht, ob Sie etwa eine schmerz- oder lähmungsbedingte Störung beim Gehen zeigen (Hinken). Der Arzt achtet auf Ihre Körperhaltung. Er beobachtet, ob Sie sich insgesamt normal bewegen und ob Ihnen z. B. das Ausziehen der Kleidung schwerfällt.
Diese ersten Eindrücke können dem Arzt schon eine ganze Reihe von Hinweisen geben.

Für die gründliche körperliche Untersuchung sollten Sie weitgehend entkleidet sein. Der Arzt muss Ihren ganzen Körper sehen, denn nicht nur der Zustand der Wirbelsäule spielt eine Rolle. Auch Störungen wie Fußfehlformen (z. B. Platt-, Knick- oder Spreizfüße) können die Wirbelsäulenstatik beeinflussen und zu Rückenschmerzen führen.

Der Arzt beginnt die Untersuchung mit einem Gesamtüberblick. Zunächst bewertet er Ihre Haltungs- und Bewegungsmuster. Er achtet auch auf die Hautfarbe des untersuchten Körperteils. Diese gibt ihm Hinweise auf die Qualität der Durchblutung. Äußerlich erkennbar sind für den Arzt auffällige Abweichungen von der normalen Körperhaltung. Das können beispielsweise sein:

- ein Hohlkreuz oder ein Rundrücken,
- eine deutliche Seitverbiegung der Wirbelsäule (Skoliose),
- ein Schiefstand des Beckens,
- ungleich ausgebildete Muskeln.

Der nächste Schritt ist das Abtasten (Palpation) der Haut und das Ertasten der darunterliegenden Strukturen. Dadurch erhält der Arzt wichtige Informationen über:

- Temperatur, Beschaffenheit und Verschiebbarkeit der Haut,
- den Spannungszustand der Muskulatur,
- den Zustand der Gelenke und Knochen.

Eine wichtige Bedeutung kommt der Bewegungsprüfung zu. Sie dient der Überprüfung der Beweglichkeit der Gelenke, der Beurteilung der Gelenkkapseln und der das Gelenk stabilisierenden Muskulatur. Dazu müssen Sie bestimmte Bewegungen ausführen und der Arzt stellt fest, in welchem Umfang Ihnen das möglich ist.

Auch heute gilt noch: Trotz moderner Medizintechnik kann die Diagnose in vielen Fällen bereits durch das ärztliche Gespräch und die körperliche Untersuchung gestellt werden.

Diese Untersuchung liefert je nach Erfahrung des Arztes präzise Hinweise über Ort und Art der Rückenerkrankung.

Darüber hinaus kann durch die körperliche Untersuchung auch eine grobe Beurteilung des Nervensystems vorgenommen werden. Dabei testet der Arzt das Gefühlsempfinden der Haut und die Krafteigenschaften der Muskulatur. Ausfälle des Nervensystems durch Schädigung der Spinalwurzeln können auf diese Weise sofort erkannt werden.

Die neurologische Untersuchung klärt, ob bereits Nervenschädigungen eingetreten sind. Reflexe wie Kniescheiben- und Achillessehnenreflex untersucht der Arzt mit einem Reflexhammer.

## Blutuntersuchung

Die Blutuntersuchung wird in erster Linie durchgeführt, um eine allgemeine Erkrankung auszuschließen oder um Entzündungsfaktoren festzustellen. Bei Rückenschmerzen muss z. B. immer eine Rheumaentzündung ausgeschlossen werden. Spezielle Antigentests lassen die Bechterew`sche Krankheit sowie andere rheumatische Erkrankungen erkennen.
Eine bakterielle Entzündung der Wirbelkörper oder der Bandscheiben ist an einer wesentlichen Erhöhung der Blutsenkungsgeschwindigkeit und der weißen Blutkörperchen erkennbar. Auch Erkrankungen mit erhöhtem Knochenabbau oder unkontrollierter Knochenneubildung lassen sich durch Blutuntersuchungen zum Teil feststellen.

## Röntgenuntersuchung

Die Röntgenuntersuchung ist das älteste bildgebende Verfahren. Es steht der Medizin bereits seit über 100 Jahren zur Verfügung und wurde seither ständig verbessert. Es handelt sich dabei um elektromagnetische Strahlen, die durch den Körper geschickt werden.
Die unterschiedlichen Gewebe schwächen dabei die Strahlung unterschiedlich stark ab. Die wiederaustretende Strahlung wird auf einem Röntgenbild sichtbar gemacht.
Dank moderner Geräte ist heute die Strahlenbelastung einer Röntgenaufnahme sehr klein.
Die Röntgenuntersuchung der Wirbelsäule stellt im Wesentlichen die knöchernen Strukturen wie Wirbelkörper, Wirbelbogen und Wirbelgelenke dar. Das Röntgenbild zeigt dem Arzt:

- Fehlstellungen der Wirbelsäule (z. B. Skoliose),
- angeborene oder erworbene Fehlbildungen,
- unfall- oder entzündungsbedingte Veränderungen (z. B. Knochenbrüche),
- Verschleißerscheinungen an den Wirbelkörpern und Wirbelgelenken,
- die Weite des knöchernen Wirbelkanals und die Höhe der Bandscheibenräume.

Muskeln, Bänder und Gelenkkapseln sind im Röntgenbild nicht

vollständig zu erkennen. Der Zustand der Bandscheiben kann indirekt anhand der Veränderung der Wirbelkörper und der Höhe des Raumes zwischen den Wirbelkörpern beurteilt werden. Allerdings kann der Arzt anhand des Röntgenbildes keinen Bandscheibenvorfall nachweisen.

Das Röntgenbild gibt dem Arzt also wichtige Informationen über den Zustand der Wirbelsäule. Es sagt aber nichts über die Leistungsfähigkeit Ihrer Wirbelsäule aus. Ebenso können aus dem Röntgenbild nur Vermutungen über die Ursachen Ihrer Rückenschmerzen abgeleitet werden. Ort und Ausmaß der Rückenbeschwerden hängen nämlich oft nicht mit den auf dem Röntgenbild sichtbaren Verschleißerscheinungen zusammen.

## Computertomografie

Die Computertomografie (CT) ist ein ergänzendes bildgebendes Verfahren zur weiteren Diagnostik. Sie wird mit Röntgenstrahlen durchgeführt, welche in einer Ebene um den Körper kreisen und somit Querschnittsbilder liefern. Durch die computergestützte Aneinanderreihung vieler Querschnittsbilder lässt sich die Wirbelsäule dreidimensional darstellen. Ähnlich wie bei der Röntgenuntersuchung werden die knöchernen Anteile der Wirbelsäule besonders gut dargestellt. Darüber hinaus lassen sich aber auch die Bandscheiben, die Muskulatur und andere Weichteile erkennen. Hierdurch kann bereits ein genaues Bild der untersuchten Körperregionen entstehen. Teile der Wirbelsäule und ihrer einzelnen Gewebe sind in ihren krankhaften Veränderungen erkennbar.

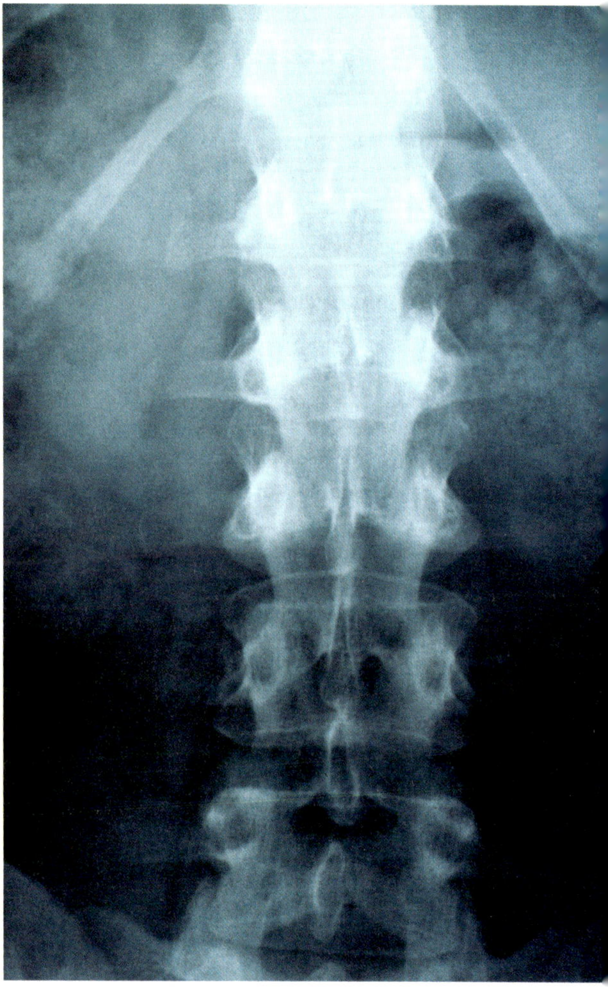

Röntgenbild der Lendenwirbelsäule. Man erkennt rechteckig geformte Wirbelkörperknochen und dazwischen regelmäßige Bandscheibenräume.

Die Computertomografie macht Antworten auf die folgenden Fragen möglich:

- Welchen Schweregrad hat ein Bandscheibenvorfall?
- Inwieweit drückt Bandscheibengewebe auf Spinalnerven oder auf das Rückenmark?
- Besteht eine knöcherne Einengung des Rückenmarkskanals (Spinalkanalstenose)?
- Wie hoch ist die Knochendichte in der Lendenwirbelsäule (gibt Hinweise zur Osteoporose)?

Der Vorteil der Computertomografie liegt in der guten Darstellbarkeit der kompletten Wirbelsäule. Ein Nachteil ist die hohe Belastung durch Röntgenstrahlen und der hohe technische und finanzielle Aufwand.

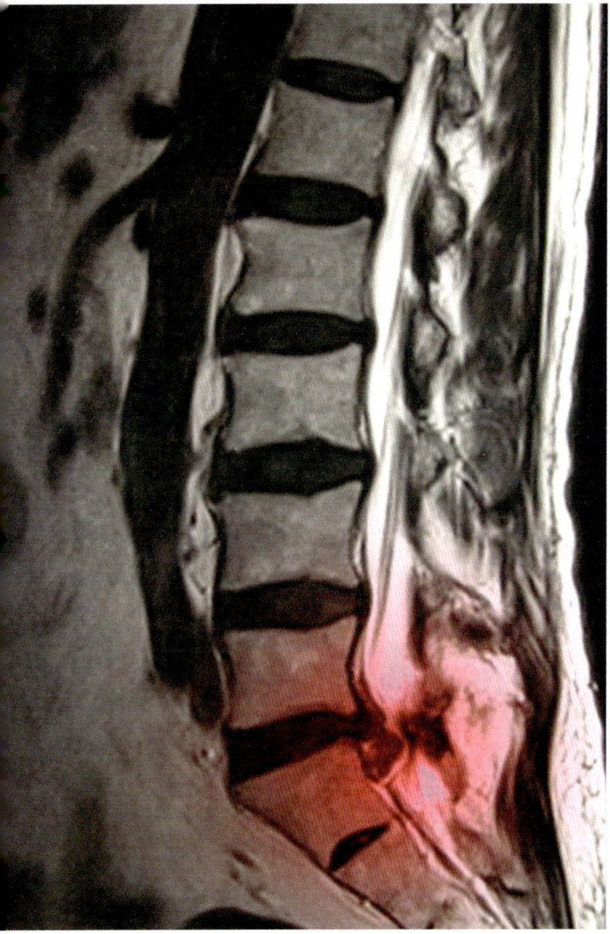

Bild einer Kernspintomografie. Erkennbar ist ein Bandscheibenvorfall in den Rückenmarkskanal.

## Kernspintomografie

Die Kernspintomografie (auch Magnetresonanztomografie genannt) ist eine hoch spezialisierte Untersuchungsmöglichkeit. Sie erlaubt eine sehr präzise Beurteilung aller Gewebearten des Körpers.

Im Gegensatz zur Computertomografie spielen bei diesem Verfahren Röntgenstrahlen keine Rolle. Die Kernspintomografie basiert auf einem physikalischen Prinzip: Alle Gewebe des menschlichen Körpers bestehen zu einem gewissen Teil aus Wasser. Die im Wasser vorhandenen Atomkerne des Wasserstoffs weisen einen „Drall" auf, wie bei einer sich drehenden Billardkugel. Dieser Drall wird „Kernspin" genannt.

Bei der Kernspinuntersuchung wird der Patient einem starken Magnetfeld ausgesetzt. Die Veränderungen des Kernspins in den wasserhaltigen Geweben unter Einwirkung des Magnetfeldes werden gemessen und von einem Computer in Bilder umgesetzt.

Bei der Untersuchung liegt der Patient in einer röhrenähnlichen Konstruktion, die am Kopf- und Fußende geöffnet ist. Der Magnet kreist um den Körper und verursacht dabei ein starkes Klopfen.

Mittels einer Kernspintomografie kann eine umfassende und detaillierte Aussage zu allen Geweben im Bereich der untersuchten Körperregionen getroffen werden. Vorteilhaft ist auch, dass der Körper in verschiedenen Raumebenen (also senkrecht und waagerecht) untersucht werden kann.

An der Wirbelsäule können sowohl die Knochen, die Bandscheiben, die Nervenwurzeln und auch die Rückenmarkshaut einwandfrei erkannt werden.

Die Kernspintomografie gibt aber nur Strukturen wieder, keine Funktionen, die meistens Ursache von Krankheiten sind.

## Skelettszintigrafie

Die Skelettszintigrafie wird von einem Nuklearmediziner durchgeführt und dient der Untersuchung und Darstellung der Knochenstoffwechselaktivität. Hierbei wird ein radioaktives Mittel in die Blutbahn eingespritzt. Dieses verteilt sich über die Blutgefäße im ganzen Körper. Je stärker die Stoffwechselaktivität in einem Knochenabschnitt ist, desto größer die Anreicherung des radioaktiven Stoffes. Eine weit über das normale Maß erhöhte Stoffwechselaktivität findet man bei einer Entzündung, einem Tumor oder nach einem Knochenbruch. Dementsprechend ist in diesen Körperabschnitten die Anreicherung des radioaktiven Mittels erhöht.

Die Radioaktivität wird von außen mithilfe einer speziellen Kamera, vergleichbar einem Geigerzähler, nachgewiesen und bildlich dargestellt.

Die Aussagekraft der Szintigrafie ist begrenzt, da sie nur das Ausmaß der Stoffwechselaktivität des Knochens angibt. Konkrete Rückschlüsse auf eine bestimmte Erkrankung, sei es ein Tumor oder Verschleiß, sind jedoch nicht möglich. Daher wird diese diagnostische Methode nur in Einzelfällen als ergänzendes Verfahren bei besonderen Fragestellungen angewandt.

## Bandscheibendarstellung

In einem Röntgenbild ist die Bandscheibe normalerweise nicht erkennbar. Spritzt man aber mittels einer Nadel ein Kontrastmittel in den Kern der Bandscheibe, so macht dieses Mittel die Form und Größe des Bandscheibenkerns auf dem Röntgenbild sichtbar.

Sind an den Bandscheiben bereits schwerwiegende Veränderungen oder gar Risse vorhanden, sieht man das Kontrastmittel eindrucksvoll zur Seite wegfließen.

Röntgenuntersuchungen oder andere bildgebende Verfahren wie Computertomografie oder Kernspintomografie sind für die Diagnose wichtig, zeigen aber nicht die Krankheit. Gewöhnlich wird Ihr Arzt deswegen zunächst keine bildgebende Untersuchung empfehlen.

Diese Untersuchung wird in Einzelfällen zur Planung spezieller Operationen durchgeführt.

## Myelografie

Die Myelografie (Rückenmarksdarstellung) ist die Darstellung der Nervenstrukturen im Rückenmark und im Wirbelkanal. Dabei wird Kontrastmittel direkt in den Rückenmarkkanal eingespritzt. Dadurch werden auf dem Röntgenbild die Form und die Weite des Wirbelkanals und der Abzweigungen der Spinalwurzeln sichtbar. Sehr gut erkennbar wird die Einengung oder Kompression einer Nervenwurzel durch einen Bandscheibenvorfall.
Auch diese Untersuchung stellt eine Spezialmethode dar und dient insbesondere der Vorbereitung spezieller Operationen.

Die optische Oberflächenvermessung des Rückens ist besonders geeignet bei seitlichen Wirbelsäulenkrümmungen (Skoliosen).

## Elektromyelografie

Nervenaktivität bedeutet Fortleitung elektrischer Impulse. Es ist möglich, diese Funktion der Nerven insbesondere in den Armen und Beinen zu messen.
Hierfür werden entweder Elektroden auf die Haut geklebt oder feine Nadeln eingestochen. Ein vom Arzt gesetzter Reiz wird über den Nerv fortgeleitet und an der Messstelle registriert. Damit lassen sich genaue Aussagen über den Zustand des Nervs machen. Es kann festgestellt werden:

- welcher Nerv betroffen ist,
- ob nur eine Nervenreizung vorliegt oder
- ob der Nerv bereits geschädigt ist.

## Optische Vermessung der Rückenoberfläche

Ein spezielles Oberflächenmessverfahren (die sogenannte Video-Raster-Stereografie) erlaubt eine Formdarstellung der Wirbelsäule und der Muskeloberfläche. Hierbei werden mit einem Projektor parallele Lichtstrahlen auf die Rückenoberfläche projiziert und anschließend mit einer Videokamera aufgenommen. Danach erfolgt eine Computeranalyse der Bilder.

Die Ergebnisse zeigen beispielsweise das Ausmaß von Seitverbiegungen und Verdrehungen der Wirbelsäule.

Die Untersuchungsmethode wurde vorrangig zur Verlaufskontrolle der Skoliosebehandlung insbesondere bei Kindern entwickelt. Bei der Untersuchung von Erwachsenen mit Beckenschiefstand oder unterschiedlichen Beinlängen lässt die Computeranalyse erkennen, ob etwa eine Absatzerhöhung am Schuh die Wirbelsäule in ihrer Haltung korrigieren könnte.

## Diagnostische Infiltration

Sind weitere Untersuchungen nötig, so gibt es die Möglichkeit, unter Klinikbedingungen sogenannte Infiltrationen mit lokalen Betäubungsmitteln durchzuführen. Dazu werden Nervenwurzeln, die vom Bandscheibengewebe bedrängt werden, betäubt. Verschwindet der Schmerz daraufhin, so kann die mögliche Ursache stark eingegrenzt werden.

Verringert sich der Schmerz nicht wesentlich, kann anschließend gezielt das Wirbelgelenk angespritzt werden, da auch hier eine wesentliche Schmerzursache bestehen kann. Durch differenzierte Injektionstechniken können Rückschlüsse auf den Ort der Schmerzentstehung gezogen werden.

## Psychotherapeutische Hilfe

Falls weder Ihr Hausarzt noch der Facharzt eine Ursache für Ihre andauernden Rückenbeschwerden finden konnten, sollten Sie einen Psychotherapeuten um Rat fragen.

Wie Sie in diesem Buch bereits erfahren haben, könnten Ihre Rückenschmerzen auch psychisch (mental, emotional) bedingt sein, z. B. durch anhaltenden Kummer oder Stress. Entsprechend der ganzheitlichen Sichtweise besteht der Mensch aus Körper, Geist und Seele. Konsequenterweise muss als Ursache für Ihre Rückenschmerzen also eine Verletzung von Geist und Seele gleichberechtigt mit einer Verletzung des Körpers in Betracht gezogen werden.

Der erste Ansprechpartner bei andauernden Rückenschmerzen sollte immer Ihr Hausarzt sein. Er wird Sie ggf. an einen Facharzt weiter überweisen.

### Nur gezielt untersuchen!

In diesem Kapitel erhalten Sie einen Überblick über die gebräuchlichen medizinischen Diagnostik- und Untersuchungsverfahren. Selbstverständlich ist es aber nicht nötig, bei jedem Rückenschmerz sofort alle zur Verfügung stehenden Untersuchungen durchzuführen.
In Abhängigkeit von Ihrem Beschwerdeausmaß und ausgehend von den ersten Untersuchungsergebnissen des Arztes muss ein differenziertes stufenweises Vorgehen gewählt werden. Nur so lassen sich die Ursache Ihres Schmerzes und die Vorgänge bei der Schmerzentstehung möglichst genau herausfinden.
Das ist sehr wichtig, denn je genauer die Schmerzursachen erkannt werden, umso gezielter und erfolgreicher ist die nachfolgende Therapie und Behandlung.

# Was tun bei Rückenschmerzen?

**Sie haben nun an vielen Beispielen erfahren, dass Rückenschmerzen nicht nur durch eine schlechte Körperhaltung und hohe körperliche Belastungen, sondern auch durch psychische Umstände entstehen können. Manche Beschwerden, wie z. B. Lähmungen oder Ausfallerscheinungen, erfordern umgehend einen Arztbesuch. Bei anderen Beschwerden hingegen, wie Muskelverspannungen oder leichten Bewegungseinschränkungen, können Sie auf die vielfältigen Möglichkeiten der Selbsthilfe zurückgreifen.**

## Was kann ich selbst tun?

### Die persönliche Einstellung zum Schmerz

Wenn der Rücken schmerzt, ist das natürlich unangenehm. Inwieweit die Schmerzen unser Wohlbefinden beeinträchtigen, hängt aber auch davon ab, welche Einstellung wir zu Schmerzen haben und wie wir darauf reagieren.

**Alles nicht so schlimm!**
Rückenschmerzen können Sie unerwartet, quasi „wie aus heiterem Himmel", überfallen oder sich langsam während körperlicher Arbeit ankündigen. Egal, wie der Schmerz entsteht, auf jeden Fall sollten Sie sich nicht ängstigen oder vielleicht sogar in Panik geraten.
Folgende Erfahrungen zum Rückenschmerz können Ihnen Mut machen:

- Rückenschmerzen treten zwar häufig auf, sie haben aber in den meisten Fällen eine „harmlose" Ursache z. B. als Folge von körperlicher oder psychischer Überlastung.

Nehmen Sie einen ärztlichen Hinweis auf eine mögliche seelisch-psychische Störung oder den Rat, sich auch an einen Psychotherapeuten zu wenden, unbedingt ernst.

- Rückenschmerzen klingen sehr oft – unabhängig von der Art der Behandlung – innerhalb von sechs Wochen wieder ab.
- Rückenschmerzen sind kein Gradmesser für den Verschleiß Ihrer Wirbelsäule.
- Bandscheibenvorfälle verursachen nicht automatisch Rückenschmerzen. Nur ein kleiner Teil der Vorfälle verursacht tatsächlich starke Schmerzen.
- Patienten mit schmerzhaftem Bandscheibenvorfall haben eine gute Heilungschance auch ohne Operation. Nur selten ist eine operative Entfernung des Bandscheibenvorfalls notwendig.

Denken Sie also immer zuerst an die Tatsache, dass die meisten Schmerzen eine harmlose Ursache haben, nur ein Warnsignal darstellen (Bewegungsmangel, Überforderung) und keinen ernsthaften Schaden ankündigen.

Wenn Sie sich dessen bewusst sind, werden Sie Ihre Schmerzen besser überwinden können. Denn: Nichts ist so hinderlich für eine baldige Besserung wie überflüssige Ängste. Diese produzieren nur neue innere Anspannung und muskuläre Verspannung! Bleiben Sie trotz Ihrer Beschwerden zuversichtlich, dass Ihre Schmerzen bald wieder nachlassen.

**Bleiben Sie aktiv!**

Akute Rückenschmerzen sind ein Warnsignal und wollen Ihnen mitteilen, dass Sie sich vermehrt um Ihren Rücken kümmern müssen. Sie sind kein Hinweis, dass Sie Bettruhe und strikte Schonung benötigen, im Gegenteil: Durch

Denken Sie positiv! Ihr Gehirn reagiert sehr sensibel auf Sprache und Gedanken. Positive Überzeugungen können Schmerzen mindern, umgekehrt aber auch negative Gedanken den Schmerz verstärken.

## Bewegung tut gut

Körperliche Aktivität ist auch bei Rückenbeschwerden sinnvoll und gesund.

- Sie vermehrt die Beweglichkeit und Stabilität der Wirbelsäule und der großen Gelenke.
- Sie hält die Muskulatur kräftig, beweglich und geschmeidig.
- Sie steigert den Stoffwechsel im Körper, was die Schmerzen vermindert.
- Sie fördert den Heilungsprozess.
- Sie verbessert Ihr Wohlbefinden und Ihr Selbstwertgefühl.
- Sie unterstützt den Stressabbau.
- Sie lenkt Sie von Ihren Schmerzen ab.

Deshalb: Nehmen Sie bei akuten Rückenschmerzen möglichst schnell Ihre gewohnten Tätigkeiten wieder auf. Schonung oder lang anhaltende Bettruhe sind nicht geeignet, Rückenschmerzen zu beseitigen. Sie können sogar zum weiteren Bestehen Ihrer Schmerzen beitragen. Schonen Sie sich nur so viel wie nötig! Der „goldene Mittelweg" ist bei Rückenschmerzen der Weg zur schnelleren Besserung.

längere Schonung verliert der Mensch immer mehr die Fähigkeit sich zu bewegen. Lassen Sie es so weit nicht kommen. Beim Auskurieren akuter Rückenschmerzen kommt es deshalb auf die richtige Mischung zwischen Schonung und Belastung an. Gehen Sie insgesamt vernünftig mit Ihrem Körper um und hören Sie auf seine Signale. Vermeiden Sie auf jeden Fall extreme und schmerzhafte Belastungen. Grundsätzlich gilt: Alle Bewegungen, die Ihnen guttun, Spaß machen und leichtfallen, sollten Sie ausführen. Spaziergänge, sanfte Gymnastik, Schwimmen oder Radfahren sind besonders empfehlenswert.

Längere Schonung

- vermindert die Belastbarkeit Ihrer Wirbelsäule.
- verschlechtert Ihre Bewegungskoordination.
- lässt die Kraft Ihrer Muskeln schwinden.
- schwächt die Festigkeit Ihrer Knochen.
- macht Ihre Gelenke steif und unbeweglich.
- verstärkt Ihre Konzentration auf die Schmerzen.
- drückt die Stimmung.

### Haben Sie Geduld

Die Tatsache, dass Sie weiter aktiv bleiben und sich bewegen sollen heißt nicht, dass Sie sich „jetzt

Bettruhe verlängert die Dauer der Schmerzattacke, daher sollten Sie frühzeitig Ihre normale Tätigkeit wieder aufnehmen. Je früher Sie das schaffen, umso eher lässt der Schmerz nach.

erst recht" so richtig fordern sollen. Gehen Sie nicht zu streng mit sich um. Sie haben Rückenschmerzen und unter diesen Umständen dürfen Sie auch einmal Schwächen zeigen.

- Es darf morgens ruhig etwas länger dauern, bis Sie aus dem Bett gestiegen sind und sich angezogen haben.
- Falls Sie körperlich schwer arbeiten: Informieren Sie am Arbeitsplatz Ihre Vorgesetzen über Ihre Rückenschmerzen und bemühen Sie sich vorübergehend um die Zuweisung von körperlich leichten Tätigkeiten.
- Wechseln Sie am Arbeitsplatz häufiger als üblich Ihre Körperhaltung (Wechsel zwischen Sitzen, Stehen und Bewegen).
- Akzeptieren Sie es, wenn Ihre Bewegungen unter diesen Umständen etwas langsamer und schwerfälliger sind.
- Benutzen Sie auch für leichtere Gegenstände (wie z. B. das Tragen eines leeren Getränkekastens) eine Transporthilfe oder nehmen Sie Hilfe in Anspruch („Fasst du bitte mal mit an?").
- Unterbrechen Sie lange Autofahrten noch häufiger als sonst durch Fahrpausen.
- Machen Sie im Tagesverlauf wiederholte „Minipausen" zur Entlastung.

Bei Bewegung erfolgt ein Wechsel von Anspannung und Entspannung der Rückenmuskulatur. Die Muskelfasern werden entkrampft und die Muskelfunktion normalisiert sich.

Lassen Sie sich durch „kluge Sprüche" Ihrer Arbeitskollegen nicht von Ihrem Weg abbringen. Seien Sie ruhig einmal egoistisch und nehmen Sie darauf Rücksicht, was Ihrem Rücken guttut.

Freuen Sie sich über kleine Fortschritte. Welche körperlichen Aktivitäten können Sie zunehmend besser durchführen? Welche Bewegungen fallen Ihnen leichter? Lenken Sie Ihre Aufmerksamkeit auf die Dinge, die Sie allmählich wieder besser bewältigen können und nicht auf die Dinge, die noch nicht so gut gehen. Bleiben Sie positiv gestimmt und sehen Sie bei Rückschlägen nicht gleich Misserfolge – Sie sind bestimmt auf dem richtigen Weg. Loben Sie sich für Ihren Willen und Ihre Energie, aktiv zu bleiben.

### Verzichten Sie auf Vorteile

Die Vorstellung „Wer Rückenschmerzen hat, muss sich unbedingt schonen" ist weitverbreitet, aber falsch. Sie kann dazu führen, dass Ihnen in der Familie, am Arbeitsplatz oder in der Freizeit jegliche körperliche Belastung abgenommen wird. Gewohnte Tätigkeiten im häuslichen Bereich wie z. B. Rasenmähen, Ausführen des Hundes, Essenkochen oder am Arbeitsplatz z. B. den Gang zum Kopierer und das Leeren der Papierkörbe übernehmen aus Sorge um Ihre Gesundheit Ihre Angehörigen, Freunde oder Arbeitskollegen. Diese Verhaltensweisen sind zwar gut gemeint, werden Ihrem Rücken auf lange Sicht aber eher schaden als nutzen.

Ebenso kann auch Krankschreibung für längere Zeit bei akuten Rückenschmerzen für Ihre Genesung schlecht sein. Ein langer Ausstieg aus dem Arbeitsleben erschwert erfahrungsgemäß die Wiedereingliederung erheblich.

Geben Sie den Menschen in Ihrer Umgebung, also auch dem Arzt und den Therapeuten, klar und deutlich zu verstehen, dass Sie Ihre Rückenschmerzen durch vernünftig dosierte körperliche Aktivität loswerden wollen und nicht durch Schonung.

**Glauben Sie an Ihren Einfluss**

Erfreulicherweise steht die Stärke der Rückenschmerzen nicht im Zusammenhang mit der tatsächlichen Erkrankung Ihres Rückens. Die Schmerzwahrnehmung ist individuell sehr unterschiedlich und Sie können den Leidensdruck durch Ihre Gedanken verstärken oder auch verringern.

Unnötiger Stress verspannt Ihre Muskulatur und verstärkt dadurch den Schmerz. Der Zusammenhang zwischen Psyche und Schmerz wird hier also ganz offensichtlich. Eine positive Grundeinstellung und die Überzeugung, den Schmerz durch Eigeninitiative beeinflussen zu können, unterstützen die rasche Bewältigung von Schmerzen. Selbst bei starken Rückenschmerzen gibt es Möglichkeiten, selbst etwas zu tun.

## Anwendungen

**Wärme**

Wärme bewirkt die Steigerung der Durchblutung und lockert die Muskulatur. Schmerzhafte Ver-

Behalten Sie die Kontrolle über die Situation. Wenn Sie sich aufgeben, hat der Schmerz gewonnen. Behalten Sie die Überzeugung, dass Sie Ihren Schmerz beeinflussen können.

spannungen lassen sich mithilfe von Wärme spürbar lösen. Sie beruhigt auch die Nerven und sorgt für Entspannung über den schmerzenden Bereich hinaus.

Geeignete Wärmeanwendungen sind:
- Wannenbäder mit speziellen Badezusätzen, wie z. B. Melisse, Lavendel, Baldrian, Hopfen, Rosmarin oder Wacholder.
- das Auflegen einer Wärmflasche, eines Heizkissens oder eines erwärmten Körnerkissens. Achten Sie dabei unbedingt darauf, nicht zu übertreiben und sich damit Schaden zuzufügen: gemeint ist wirklich warm, nicht heiß!
- die lokale Bestrahlung mit Rotlicht oder einer Wärmelampe. Achten Sie hier darauf, den richtigen Abstand zu finden!
- durchblutungsfördernde Lösungen, Salben und Pflaster mit Substanzen wie Franzbranntwein oder Capsaicin aus Cayenne-Pfeffer (beispielsweise in Wärmepflastern).
- Sauna, Dampf- und Thermalbad.
- Fango- oder Moorpackungen (auch hier auf verträgliche Temperaturen achten).

Als wohltuend und schmerzlindernd werden bei akuten Rückenschmerzen sehr oft alle Formen von Wärme empfunden.

Falls Ihre Schmerzen von einer Entzündung herrühren, verschlimmert jedoch Wärme die Symptome. Dann brauchen Sie genau das Gegenteil, nämlich betäubende Kälte.

**Kälte**

Rückenschmerzen, die mit Nervenreizungen wie beim Ischias oder mit einer Entzündung einhergehen, reagieren auf Kälte oft besser als auf Wärme. Kälte hat bei kurzzeitiger Anwendung (bis zu drei Minuten) eine örtlich betäubende Wirkung. Ein kurzer Kältereiz erhöht die Muskelspannung und verengt die Gefäße. Bei akuten Verletzungen, Entzündungen und Nervenreizungen wirkt Kälte schmerzlindernd.

Geeignete Kälteanwendungen sind:
- gekühlte Gel- oder Körnerkissen,
- ein mit Eiswasser gekühltes Tuch (Wickel),
- Kühlsprays.

Vorsicht! Schlagen Sie Eisbeutel immer in ein trockenes, nicht zu dünnes Tuch ein, damit Ihre Haut keine Erfrierungen davonträgt. Um Schmerzen zu lindern, sind Kurzzeitkühlungen von ein bis drei Minuten mehrmals täglich hilfreich.

**Eigenmassage**

Es muss nicht immer die professionelle Massage sein. Eine grundsätzliche Begabung, andere mit unseren Händen wohltuend zu berühren, haben wir wohl alle. Solange nichts wehtut, machen Sie bei der Partnermassage auch nichts verkehrt.

Auch eine Eigenmassage tut gut und hat den Vorteil, dass sie kostenlos und jederzeit durchführbar ist. Die meisten Körperpartien können Sie mit Ihren eigenen Händen gut erreichen. Und die richtige Dosierung an der richtigen Stelle haben Sie ebenfalls sprichwörtlich „in der Hand". Besonders gut für eine sanfte Massage eignet sich die Nackenregion:

- Legen Sie sich entspannt auf den Rücken und unterstützen Sie den Kopf mit einem kleinen Kissen.
- Massieren Sie nun mit Zeige- und Mittelfinger Ihre Nackenmuskulatur vom Hinterhaupt bis zu den Schultern.
- Die Massage erfolgt langsam, kreisend und mit sanften Druck, damit Sie sich nicht zusätzlich verspannen.

Diese Nackenmassage können Sie auch im Sitzen durchführen.

Probieren Sie auch einmal aus, wie angenehm eine Eigenmassage des unteren Rückens oder der Füße für Sie sein kann. Massieren Sie sanft mit den Fingerkuppen oder kräftiger mit den Knöcheln der zur Faust geschlossenen Hand. Der Einsatz von Massagehilfen wie Tennis- oder Softbällen oder den bekannten Igelbällen kann ebenfalls hilfreich sein. Massieren Sie sich z. B. im Stehen gegen eine Wand oder im Liegen. Wie fühlt sich dabei Ihr Nacken, Ihr Schulterbereich oder Ihr Rücken an? Was tut Ihnen gut?

Gönnen Sie sich nach der Massage oder Eigenmassage noch ein wenig Ruhe, um den wohltuenden Effekt bewusst zu genießen. Etwas spezieller ist die „Triggerpunktmassage". Triggerpunkte sind verdickte und oft schmerzhafte Muskelfasern. Diese Stellen können Sie mit Ihren Fingerkuppen in Längs- und Querrichtung ertasten. Wenn Sie den „Schmerzpunkt" gefunden haben, legen Sie einen Finger mit sanftem

Geheimtipp: Die Stufenlagerung entlastet nicht nur Ihren Rücken, sondern Sie können sich gleichzeitig hervorragend vom Alltagsstress entspannen.

### Die Stufenlagerung

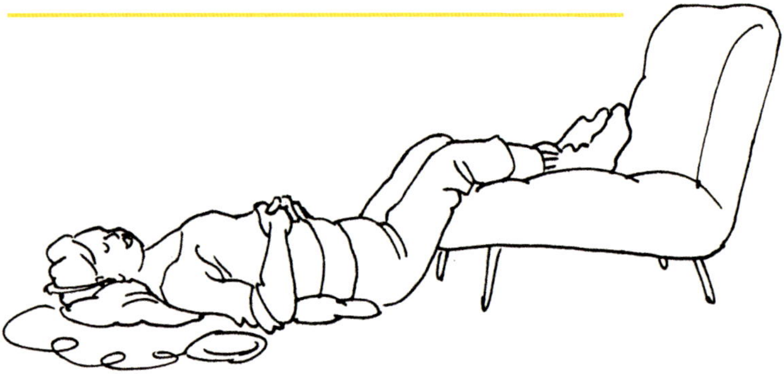

Druck auf die schmerzhafte Stelle und warten einige Minuten, bis der Muskel sich entspannt. Danach können Sie den Muskel durch leichtes Verschieben Ihres Fingers dehnen. Je hochgradiger der Schmerzzustand der Halswirbelsäule ist, um so vorsichtiger müssen Massagegriffe anfangs eingesetzt und langsam gesteigert werden. Auch hier gilt: Achten Sie sehr darauf, was Ihnen guttut, Verbesserungen lassen sich nicht mit Gewalt erzielen!

### Massagetipp

Verwenden Sie zur Massage ätherische Öle (z. B. Arnika, Eukalyptus, Rosmarin, Wacholder, Latschenkiefer). Diese dringen rasch in die Haut ein und wirken durchblutungsfördernd und schmerzstillend.

## Spezielle Lagerung

Bei Schmerzen im Lendenbereich, insbesondere bei ausstrahlenden Schmerzen, sollten Sie die Wirkung der Stufenlagerung ausprobieren. In dieser Position liegen Sie mit dem Rücken flach auf festem Untergrund. Die Unterschenkel legen Sie auf die Sitzfläche eines Hockers oder Stuhls, sodass sich Ihre Hüft- und Kniegelenke in einem rechten Winkel befinden.

In dieser Stufenlagerung

- verringert sich die Druckbelastung auf die Bandscheiben,
- erweitern sich an der Wirbelsäule die Austrittsstellen für die Spinalnerven und
- sinkt die Spannung in der Rumpfmuskulatur.

Dadurch kann oft kurzfristig eine positive Beeinflussung der Rückenschmerzen erreicht werden.

Neben der Stufenlagerung sollten Sie weitere Lagerungen ausprobieren. Benutzen Sie dazu Kissen, Decken und andere Hilfsmittel und probieren Sie aus, welche Position Ihnen Erleichterung verschafft. Spüren Sie in Ihren Körper hinein und entscheiden Sie sich für eine Lagerung, die Ihnen guttut.

## Bandagen

In der medizinischen Behandlung wird unterschieden zwischen Stütz- und Aktivbandagen. Stützbandagen schränken die Aktivität der betroffenen Muskeln ein und sollten deshalb nur kurzfristig benutzt werden. Aktivbandagen dagegen unterstützen die Aktivität der Muskulatur und können daher ohne Bedenken benutzt werden, jedoch immer nur so lange wie therapeutisch erforderlich.

### Halsbandage

Bei akuten Beschwerden in der Halswirbelsäule (z. B. nach einem Schleudertrauma) führt das Tragen einer speziellen Halsbandage (auch „Halskrawatte" genannt) häufig zu einer schnellen Besserung. Diese Bandage stützt, entlastet und wärmt die Halswirbelsäule.

Das Tragen der Halsbandage ist in den ersten Tagen insbesondere auch beim Schlafen wichtig, da schmerzauslösende Kopfhaltungen sich unwillkürlich auch im Schlaf ergeben können. Die Ruhigstellung der Halswirbelsäule sollte aber nur in den ersten Tagen der akuten Schmerzen erfolgen. Um den Übergang zu erleichtern, empfiehlt sich bei Besserungstendenz das stundenweise Weglassen der Bandage.

Zusätzlich sollten einfache isometrische Kräftigungsübungen durchgeführt werden (siehe Seite 52 f.).

### Rückenbandage

Bei starken Schmerzen im Lendenbereich kann das Tragen einer Rückenbandage sehr entlasten. Positive Wirkungen dieser Bandage sind:

- Unterstützung der Rumpfmuskulatur,
- Einschränken von Bewegungen, die schmerzhaft sein können,
- Schutz vor Kälte und Zug,
- größere Sicherheit beim Bücken und Heben.

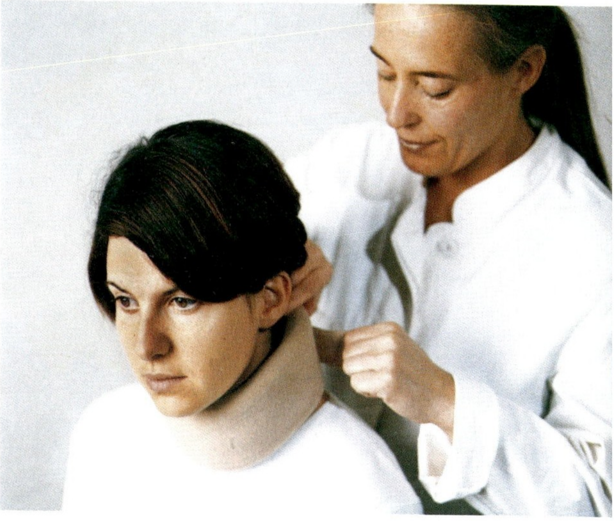

# Was kann der Arzt bei akuten Rückenschmerzen tun?

## Behandlung mit Schmerzmitteln

Wenn die Schmerzen sehr stark sind, kann es sinnvoll sein, ein Schmerzmittel einzunehmen. Es dämpft die Schmerzen und hilft Ihnen, möglichst schnell wieder auf die Beine und in Bewegung zu kommen. Das frühzeitige Einnehmen von Schmerzmitteln soll außerdem das Entstehen eines sogenannten Schmerzgedächtnisses verhindern. Man spricht von einem Schmerzgedächtnis, wenn die Schmerzen scheinbar stärker werden, auch wenn die auslösenden Impulse gar nicht zugenommen haben. Die Ursache: Die Gehirnregion, die den Schmerz auslöst, wird mit zunehmender Dauer überempfindlich. In der Folge nimmt die Häufigkeit und die Stärke der Schmerzempfindung zu.
Schmerzmittel sollen aber nur akute Schmerzzustände überbrücken und Ihnen helfen, möglichst schnell wieder in Bewegung zu kommen. Sie sind keine Dauerlösung!
Die Schmerzmitteleinnahme sollten Sie mit Ihrem Arzt besprechen und unbedingt die gegebene Einnahmeempfehlung einhalten.

Die Ursache einer Rückenerkrankung lässt sich nur selten mit Medikamenten beseitigen. Medikamente können aber Schmerzen lindern, Entzündungen und Schwellungen beseitigen und Verspannungen lösen.

## Elektrotherapie

Es gibt unterschiedliche Anwendungsformen der Elektrotherapie. Grundsätzlich wird bei der Elektrotherapie ein schwacher Strom durch den Körper geleitet. Dieser Stromfluss kann Schmerzen lindern und zur Muskelentspannung beitragen. Zu spüren ist dabei lediglich ein leichtes Kribbeln auf der Haut und ein angenehmes Wärmegefühl.

Der Strom reizt die Nervenenden in der Haut, die daraufhin Reize zum Gehirn senden. Diese überlagern die Schmerzsignale, die deshalb schwächer oder gar nicht mehr wahrgenommen werden. Darüber hinaus werden die körpereigenen schmerzhemmenden Mechanismen angeregt und das durchströmte Gewebe wird stärker durchblutet.

### Interferenzstrom

Die Interferenzstrom-Therapie ist eine sehr gebräuchliche Art der Elektrotherapieanwendung. Dabei werden zwei getrennte Stromkreise unterschiedlicher Frequenz durch Anlegen von vier Elektroden so durch das Gewebe geleitet, dass sie sich kreuzen. Im Kreuzungsgebiet der beiden Stromkreise entstehen die speziellen, für die Therapie notwendigen Überlagerungseffekte (= Interferenzphänomene). Häufig wird die Behandlung mithilfe von pulsierenden Saugelektroden (leichter Massageeffekt) durchgeführt.

Der Interferenzstrom wird vorrangig zur Schmerzlinderung, Durchblutungsförderung oder Muskelreizung eingesetzt.

### Stangerbad

Beim Stangerbad wird Strom über Elektroden durch das warme Wasser und somit gleichzeitig durch den schmerzenden Körperabschnitt gelenkt. Der Strom bewirkt eine Erhöhung der Schmerzschwelle und verringert die Muskelspannung.

Das Stangerbad kann als Vollbad für den ganzen Körper oder nur als Teilbad für einen Körperabschnitt angewendet werden.

### TENS

Das Wort TENS steht für „transkutane elektrische Nervenstimulation“. Dabei gibt ein kleines, batteriebetriebenes Gerät Stromimpulse über Elektroden ab. Diese werden auf die Haut geklebt. Je nach Schmerzintensität können Stromstärke und Impulsfrequenz individuell eingestellt werden.

TENS-Geräte gibt es auch für die Anwendung zu Hause. Ihr Arzt kann Ihnen die Handhabung erklären. Ein solches Gerät kann auf Leihbasis vom Arzt verschrieben werden.

Die Anwendung dieser Geräte sollte aber nur nach vorheriger ärztlicher Untersuchung, Beratung und Geräteeinstellung erfolgen, um vermeidbaren Nebenwirkungen vorzubeugen. Manchmal macht die Verordnung des TENS-Gerätes auch keinen Sinn, z. B. wenn man allein lebt und damit niemand zur Verfügung steht, der

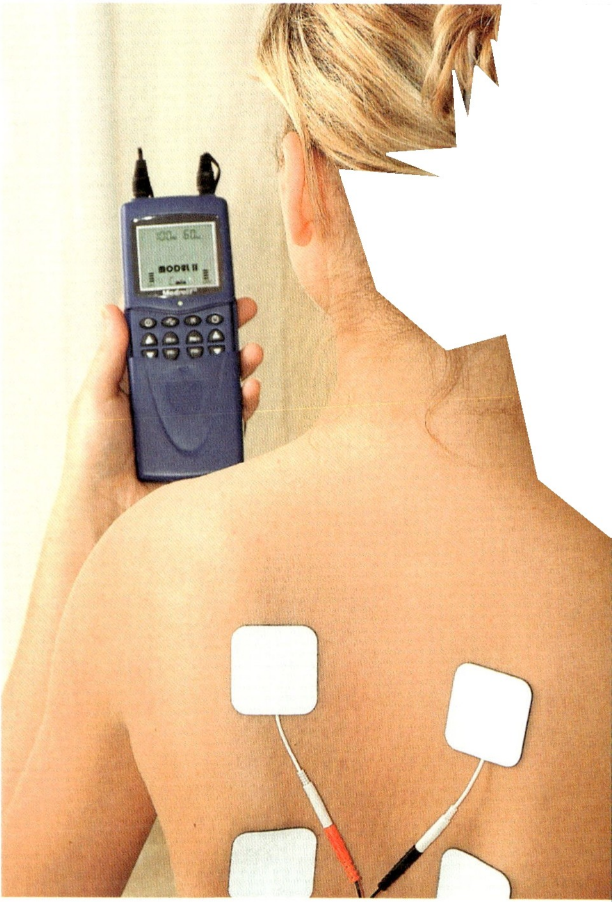

mehrmals täglich die Elektroden an die richtige Stelle auf den Rücken klebt.

## Manuelle Therapie

Der Begriff „manuell" (von lateinisch „manus" = die Hand) unterstreicht die Bedeutung der Hände bei dieser Therapieform. Ziel ist es, die Verbesserung von Gelenk- und Muskelfunktionsstörungen zu erreichen.

So werden z. B. mit bestimmten Handgriffen Wirbelgelenke (aber auch andere Gelenke) wieder in ihre Mittelstellung gebracht. Dies führt zu einer normalen Gelenkbeweglichkeit.

Ziel der manuellen Therapie ist die Wiederherstellung eines gesunden Gelenkspiels und einer schmerzfreien, normalen Gelenkbeweglichkeit.

Diese manuelle Behandlung der Wirbelgelenke wird im Volksmund fälschlicherweise als „Einrenken eines Wirbels" bezeichnet. Ein Wirbel kann aber weder „herausspringen" noch „sich verrenken".

In der Fachsprache wird die Therapie als „Manipulation" bezeichnet. Die Manipulation kann mit einem Knackgeräusch einhergehen, muss aber nicht. Die Manipulation ist nur eine unter vielen Möglichkeiten der manuellen Gelenkbehandlung, und darf nur unter bestimmten Voraussetzungen angewandt werden.

Grundsätzlich sind Manipulationen speziell ausgebildeten Ärzten vorbehalten.

Genauso wichtig und erfolgreich wie die Manipulation von Gelenken ist die Behandlung von Weichteilen wie Muskeln, Bänder und Gelenkkapseln, um sie aus ihrer jeweiligen Verspannung zu lösen.

Fehlstellung und Unbeweglichkeit des Rückens oder anderer Körperabschnitte werden meistens durch das gestörte Zusammenspiel zwischen Gelenken und Muskulatur verursacht. In akuten Fällen kann es ausreichen, die Gelenke wieder „einzurichten" und die Beschwerden damit kurzfristig zu beseitigen. In länger andauernden Krankheitssituationen mit chronischem Schmerz besteht häufig auch eine Veränderung der Muskulatur oder der Bänderstrukturen. Hier kennt die manuelle Therapie Behandlungsformen, mit denen sich zuerst die Weichteile dehnen und entspannen lassen. Danach gelingt es leichter, auch die Gelenke in ihre korrekte Position zu bekommen.

## Physiotherapie

Physiotherapie umfasst verschiedene Behandlungsmethoden: Krankengymnastik, verschiedene Massagetechniken, Teilbereiche der manuellen Therapie sowie die physikalische Therapie, bei der Wärme, Kälte oder elektrische Energie auf den Körper einwirken.

Bei akuten Rückenschmerzen kann Ihnen der Physiotherapeut wichtige Verhaltensempfehlungen und Tipps geben, die Ihnen Bewegungen im Alltag erleichtern:

- Wie komme ich am besten aus dem Bett und wieder hinein?
- Welche entlastenden Lagerungsmöglichkeiten gibt es?
- Welche Hilfsmittel können mir Erleichterung verschaffen?

Mithilfe der Physiotherapie lernen Sie, im fortgeschrittenen Behandlungsstadium zunehmend mehr Muskeln zu aktivieren und günstige Bewegungsmuster einzuüben. Systematisch werden Ihre Kraft-, Ausdauer-, Beweglichkeits- und Koordinationsfähigkeiten gesteigert. Sie erhalten wichtige Hinweise für rückenfreundliche Bewegungen am Arbeitsplatz und in der Freizeit. Sie können eine physiotherapeutische Behandlung oder Massage versuchsweise auch einmal direkt, also ohne ärztliche Verordnung, in Anspruch nehmen. Diese werden heute häufig in Zusammenhang mit Saunabesuchen in Hotels oder an Gesundheits-Wellness-Wochenenden in privaten, kurähnlichen Einrichtungen angeboten.

Im Krankheitsfall sollte eine therapeutische Anwendung nach entsprechender Untersuchung und Diagnostik ärztlich verordnet werden.

Ziel der Physiotherapie ist die Schmerzlinderung, die Verbesserung der Gelenkbeweglichkeit, die Kräftigung und Dehnung der Muskulatur sowie die Schulung der Koordination.

## Injektionsbehandlung

Fortgeschrittene Verschleißerscheinungen an den Wirbelgelenken und Bandscheibenvorwölbungen, die zu belastungsabhängigen Schmerzen führen, können durch gezielte Spritzen (Injektion oder Infiltration) gelindert werden. Verwendet werden betäubende Schmerzmittel und entzündungshemmende Präparate. Die Medikamente werden direkt an die Wirbelgelenke, in die Nähe der Nervenwurzeln oder direkt in den Wirbelkanal gespritzt. In besonderen Fällen können die wirbelsäulennahen Spritzen auch unter Einsatz bildgebender Verfahren erfolgen.

Es ist nur in seltenen Fällen angezeigt, einen Bandscheibenvorfall sofort zu operieren.

### Kassenleistung – ja oder nein?

Es kann sein, dass einige der in diesem Buch genannten Medikamente, Behandlungsverfahren und Hilfsmittel nicht Leistung Ihrer Krankenkasse sind.

Bedingt durch heute noch nicht absehbare Änderungen in der Gesetzgebung ist es unmöglich, für längere Zeit gültige Aussagen zu treffen. Deshalb haben wir uns entschlossen, auf solche Angaben ganz zu verzichten. Bitte wenden Sie sich mit Ihren Fragen an Ihren behandelnden Arzt oder Ihre Krankenkasse.

## Operative Therapie

Die operative Therapie von Rückenschmerzen steht am Ende aller therapeutischen Überlegungen. Operationen sind nur in Ausnahmefällen nötig und sinnvoll. Wenn operiert wird, dann nur bei einem ernsthaften Bandscheibenschaden. Schmerz allein ist kein Grund für eine Operation!

Operationen sind nur dann notwendig, wenn sofort gehandelt werden muss, um folgenschwere Schäden zu verhindern. Solche Schäden können z. B. ausgelöst werden durch einen großen Austritt von Bandscheibengewebe in den Wirbelkanal mit Nervenlähmungen oder vollständigem Funktionsverlust (z. B. Blasen- und Mastdarmstörungen, Muskellähmungen).

Kann eine Operation nicht umgangen werden, gibt es drei Möglichkeiten:

- das klassische Entfernen von Bandscheibengewebe, also eine offene Operation an der Wirbelsäule,
- die Entfernung der Bandscheibe mit mikroskopischen Methoden (endoskopisch) durch einen winzigen Schnitt an der Wirbelsäule oder
- die Auflösung von Bandscheibenmaterial durch chemische Substanzen, die in die Bandscheibe gespritzt werden.

Vor einer Operation ist eine sorgfältige Untersuchung notwendig. Dabei sollten auch psychosomatische Aspekte berücksichtigt werden. Die Aussicht auf eine erfolgreiche Bandscheibenoperation kann durch psychische Einflüsse erheblich gemindert werden. Dazu zählen insbesondere die depressive Stimmung, die Hilf- und Hoffnungslosigkeit, Vermeidung körperlicher und sozialer Aktivitäten. Somit ist es ratsam, für einige Patienten vor einem operativen Eingriff an der Wirbelsäule psychische Beeinträchtigungen (Angst, Depressivität) zu behandeln und positive Veränderungen im Verhalten (Schon- und Vermeidungsverhalten) anzustreben.

## Methoden aus der alternativen Medizin

### Osteopathie

Die Osteopathie beinhaltet eine umfassende manuelle Untersuchung undTherapie von Fehlfunktionen an Muskeln, Gelenken, Nerven und den inneren Organen. Im Mittelpunkt steht nicht die Behandlung einer bestimmten Erkrankung, sondern die Ganzheit des Menschen. Die Selbstheilungskräfte sollen aktiviert werden. Die Behandlung ist entspannend und führt zu einer schrittweisen aber auch lang anhaltenden Entwicklung hin zum „Gesunden".

Das osteopathische Therapieverfahren wurde bereits 1874 von dem amerikanischen Arzt Dr. Andrew Still begründet. Dieser stellte fest, dass bei allen Erkrankungen auch Probleme an der Stellung und Funktion des Knochensystems vorliegen. Aus diesem Grund nannte er seine Behandlung Osteopathie (griechisch „osteon" = der Knochen und „patho" = Krankheit).

Die Osteopathie geht von folgenden Grundsätzen aus:

- Der Körper ist eine Einheit. Das bedeutet, dass Muskeln, Bindegewebe, Knochen und die inneren Organe aufeinander abgestimmt sind.
- Der Organismus besitzt eigene, ihm innewohnende Selbstheilungskräfte. Es ist Aufgabe des Osteopathen, diese Kräfte des Körpers zu unterstützen.
- Störungen in den Muskeln und Gelenken beeinträchtigen die Selbstheilungsfähigkeit des Körpers. Osteopathen versuchen vor allem über das Bewegungssystem das natürliche Gleichgewicht des Körpers wiederherzustellen. Sie behandeln die Wirbelsäule, die Muskeln, das Bindegewebe, Organe und Gelenke. Dadurch helfen sie dem Körper, ein bestehendes Ungleichgewicht in den Funktionen auszugleichen und schaffen somit die Voraussetzung für eine Genesung.

Die Methoden der alternativen Medizin wie Osteopathie, Akupunktur, Homöopathie werden mit dem Begriff „Komplementärmedizin" bezeichnet.

## Die Methoden der Osteopathie

**Muskel-Energie-Technik:**
Diese osteopathisch sehr wichtige Behandlungsform versucht die Spannungen in der Muskulatur gezielt zu therapieren.
Am Anfang der Behandlung werden von dem Therapeuten die verhärteten oder verkürzten Muskeln langsam gedehnt. Diese Dehnung dient einer sogenannten Funktionsprüfung, bei der sich vorhandene Bewegungseinschränkungen und Bewegungsgrenzen in den Gelenken feststellen lassen. Anschließend dehnt der Therapeut erneut langsam den Muskel und der Patient spannt vorsichtig aktiv dagegen an. In der folgenden Entspannungsphase kann dieser Muskel weiter gedehnt werden als vorher.

Die Osteopathie sieht den Körper als ganzheitliche Einheit. Es werden nicht nur Knochen und Gelenke behandelt, sondern auch das Bindegewebe und die Funktionskreisläufe von Organen.

Diese besondere Art der Dehnung wird mehrmals wiederholt, bis die Muskelverkürzung behoben ist und die normalen Bewegungsmöglichkeiten wiederhergestellt sind.

**Cranio-Sacral-Therapie:**
Die Cranio-Sacral-Therapie (von lateinisch „cranium" = Schädel und „sacrum" = Kreuzbein) betrachtet die Schädelknochen und das Kreuzbein als ein miteinander verbundenes System. Als Auslöser für Schmerzen und Krankheiten wird eine eingeschränkte Beweglichkeit der Schädelknochen angesehen.
Die Therapie zielt vorrangig auf die Beseitigung von Bewegungseinschränkungen und Fehlstellungen der Schädelknochen, der Kiefergelenke und deren Verbindungen zum Becken.

Ein Osteopath muss sich fundierte Kenntnisse über den Aufbau und die Funktionen des Menschen aneignen. Entsprechend umfangreich ist die Ausbildung zum Osteopathen.

**Myofaszial-Therapie:**
Die Myofaszial-Therapie (von griechisch „myon" = Muskel und lateinisch „fascia" = Bindegewebe) ist ein äußerst sanftes und entspannendes Verfahren, das die Funktion von Muskeln, Bindegewebe und Faszien beeinflusst. Als Faszien werden unelastische Bindegewebsfasern und elastische Netze bezeichnet, die Organe, Muskeln und Muskelgruppen wie eine Haut umhüllen. Eine Folge dieser Vernetzung ist, dass Störungen in einem Gewebebereich (z. B. Narben und Gewebeverklebungen nach Operationen und Entzündungen) auch zu Problemen an anderen Stellen im Körper führen können. Ziel dieser Therapie ist es, die Beweglichkeit der Faszien wieder zu normalisieren.

**Visceral-Therapie:**
Im Mittelpunkt der Visceral-Therapie (von lateinisch „viscera“ = Eingeweide) steht die Bewegungsfähigkeit der inneren Organe. Dabei wird unterschieden zwischen den atembedingten Organbewegungen und den Eigenbewegungen der Organe. Beide Bewegungen sind nach Auffassung der Visceral-Therapie die Voraussetzung für gesunde Körperfunktionen. Das Zusammenspiel der Bewegungen aller Organe im Einklang mit dem Muskel-Knochen-System des Bewegungsapparates macht die normale gesunde Funktion des Körpers aus.

### Akupunktur/Akupressur

Die Akupunktur ist ein Bestandteil der Traditionellen Chinesischen Medizin (TCM). Nach Vorstellung der TCM zirkuliert nach bestimmten Gesetzmäßigkeiten eine Lebensenergie, das Qi (sprich: tschie), im Organismus. Diese Energie erhält uns am Leben und gesund. Sie fließt im Körper auf bestimmten Energiebahnen, den Meridianen. Wird ihr gleichmäßiger Fluss gestört, kommt es zu Krankheiten.

Staupunkte auf diesen Bahnen sind die Akupunkturpunkte, von denen es einige Hundert gibt. Störungen des Energieflusses können durch Reizungen dieser Punkte – durch Nadelstiche (Akupunktur) oder Druck (Akupressur) – aufgelöst werden. Dadurch werden die körpereigenen Selbstheilungskräfte angeregt.

Besonders wirkungsvoll ist die Akupunktur bei:

- Rückenschmerzen und vom Rücken ausstrahlenden Schmerzen,
- schmerzenden Gelenken,
- Schulter-Arm-Syndrom,
- Verspannungen im Nacken.

Shiatsu heißt wörtlich übersetzt „Fingerdruck“ und ist die japanische Variante der Akupressur. Bei dieser Druckpunktmassage benützt der Therapeut nicht nur seine Finger, sondern ggf. auch seine Fäuste, Ellbogen, Knie und Füße.

Über die Anwendung von Akupressur und Shiatsu „für den Hausgebrauch“, d. h. zur Erleichterung von Beschwerden, gibt es umfangreiche Ratgeberliteratur.

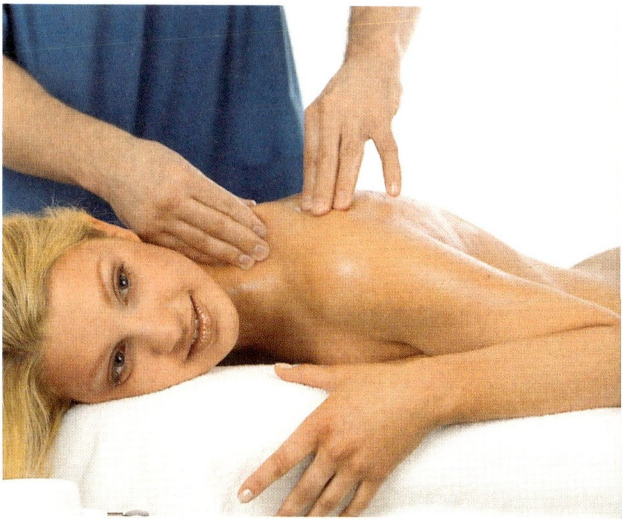

## Damit die Schmerzen nicht chronisch werden

Wie Sie in diesem Kapitel erfahren haben, sind die Möglichkeiten, akute Rückenschmerzen zu behandeln, außerordentlich vielfältig. Für Ihre persönliche Genesung ist wichtig, dass Sie sich mit Ihren akuten Schmerzen aktiv beschäftigen. Versuchen Sie, genau herauszufinden, was die Ursache Ihrer Schmerzen ist und versuchen Sie, durch geeignete Gegenmaßnahmen ein häufiges Wiederauftreten zu verhindern. Immer wieder auftretende Schmerzen führen auf Dauer zu einem Schmerzgedächtnis. Hat es sich gebildet, verliert der Schmerz seine normale Warnfunktion. Bereits völlig harmlose körperliche, psychische und soziale Belastungen können gravierende Schmerzen auslösen. So beugen Sie der Entstehung des Schmerzgedächtnisses vor.

Lassen Sie es nicht so weit kommen, dass Ihre Rückenschmerzen chronisch werden!

- Seien Sie davon überzeugt, dass körperliche Aktivitäten Ihnen nicht schaden.
- Bedenken Sie, dass Schmerzen vor der Wiederaufnahme von Aktivitäten nicht vollständig verschwunden sein müssen.
- Bewerten Sie den Schmerz und seine Folgen nicht dramatisch.
- Seien Sie davon überzeugt, dass Sie den Schmerz kontrollieren können.
- Vermeiden Sie Gedanken der Hilflosigkeit, Ohnmacht oder Resignation.
- Schonen Sie sich nicht zu sehr und ziehen Sie sich nicht von Ihren normalen Alltagsaktivitäten zurück, vor allem nicht von Dingen, die Ihnen guttun.
- Sorgen Sie für einen guten Schlaf.
- Lassen Sie sich von Ihren Familienangehörigen oder Freunden nicht zu sehr „hegen und pflegen".
- Versuchen Sie, gravierende partnerschaftliche/familiäre Konflikte zu lösen.
- Seien Sie davon überzeugt, dass die berufliche Tätigkeit Ihrem Körper nicht schadet.
- Bemühen Sie sich um hohe Arbeitszufriedenheit.
- Gehen Sie zu Ärzten und Therapeuten, die den aktiven Umgang mit Ihrem Rücken unterstützen.
- Lassen Sie sich möglichst wenig durch unterschiedliche Diagnosen und Therapieempfehlungen verunsichern.
- Berücksichtigen Sie bei der Behandlung Ihrer Rückenschmerzen, dass Sie nicht nur über körperliche, sondern auch über psychische Einflussmöglichkeiten verfügen.

Chronischer Rückenschmerz ist eine grundlegend andere Erkrankung als der akute Rückenschmerz.

# Was hilft bei chronischen Rückenschmerzen?

Chronische Schmerzen erfordern einen anderen Umgang als akute Schmerzen. Hier spielen psychische und soziale Umstände eine größere Rolle als bei akuten Schmerzen. Es ist oft sehr schwer, die körperlichen Ursachen chronischer Schmerzen zu finden. Chronische Rückenschmerzen können sich verselbstständigen und zu einem eigenständigen Krankheitsbild werden.

## Psychotherapie

Obwohl bekannt ist, dass bei chronischen Rückenschmerzen die Psyche eine große Rolle spielt, schrecken viele Menschen davor zurück, psychotherapeutische Hilfe anzunehmen. Leider wird durch dieses Verhalten eine große Chance für die erfolgreiche Bewältigung chronischer Schmerzen vertan.

In der Psychotherapie wird auf Ihr seelisch-emotionales Erleben eingegangen und es werden gemeinsam mit dem Therapeuten Bewältigungsstrategien entwickelt. Es gilt, seelische Verletzungen, Enttäuschungen oder Konflikte als Ursprung oder Auslöser Ihrer Rückenschmerzen zu erkennen und zu bearbeiten. In einer Psychotherapie wird das Selbstbewusstsein gestärkt, Sie lernen, Probleme besser zu lösen und effektiver mit Konflikten umzugehen, „Nein" zu sagen oder Wünsche zu äußern. Ein Psychotherapeut ist – so betrachtet – Ihr persönlicher Trainer, der dazu da ist, Ihnen den Rücken zu stärken!

Je länger Sie unter Schmerzen leiden, desto stärker wird Ihre Psyche beeinflusst und umso hilfreicher kann eine psychotherapeutische Behandlung sein. Sie wird ambulant oder im Rahmen eines stationären Krankenhausaufenthalts durchgeführt. Psychotherapie ist als Einzelberatung oder in einer festen Gruppe möglich. Reichen die Möglichkeiten am Wohnort nicht aus, kann beim Rentenversicherungsträger auch der Antrag auf eine psychosomatische Rehabilitationsmaßnahme gestellt werden. Solche Maßnahmen gibt es auch in Kombination mit orthopädischen Diagnosen, sodass gleichzeitig enorm viel für die Kräftigung und Genesung des Bewegungsapparates getan werden kann. Rehabilitationseinrichtungen mit psychosomatischen Abteilungen haben sich meist auch spezialisiert, z. B. auf Patienten, die unter beruflich bedingten Dauerkonflikten (wie Mobbing) leiden.

Länger andauernde Beschwerden bezeichnet man als „chronisch". Dieser Begriff kommt aus dem Griechischen: chronos = die Zeit.

## Entspannung

Schmerzen wirken auf Ihren Körper wie Stress. Kurzfristig steigen die Herzfrequenz und der Blutdruck. Langfristig verursachen Schmerzen psychosomatische Beschwerden, wie z. B. Magenbeschwerden, Schlafstörungen, Kopfschmerzen und Unruhe. Gute Entspannungstechniken können diesen Beschwerden effektiv entgegenwirken.

Entspannung senkt

- die Herzfrequenz,
- den Blutdruck,
- die Atemfrequenz,
- den Muskeltonus (die Anspannung der Muskeln),
- die Aktivität der Schweißdrüsen,
- die Wachheit.

Entspannung hilft Ihnen, Ihre Schmerzen besser zu bewältigen. Gedanklich stellt sich ein Gefühl von Ruhe und Wohlbefinden ein und der entspannte Bewusstseinszustand lenkt Sie von Ihren Schmerzen ab und kann Ihre Beschwerden teilweise oder ganz ausblenden. So erleben Sie, dass Sie dem Schmerz nicht hilflos ausgeliefert sind, sondern selbst etwas dagegen tun können.

Alle Methoden zur Entspannung wirken sich positiv auf Rücken und Haltung aus. Sie lindern stress- und verspannungsbedingte Beschwerden.

Durch aktive Entspannung entwickeln Sie außerdem ein verbessertes Empfinden für Verspannungen der Muskulatur und können dadurch Anspannungen eher vermeiden. Auch auf psychischer Ebene können Sie innerliche Anspannungen besser wahrnehmen und sich dadurch Ihre persönlichen Stresssituationen bewusst machen, die Schmerzen auslösen oder verstärken können.

Zur wirkungsvollen Entspannung gibt es die unterschiedlichsten Methoden.

### Progressive Muskelrelaxation

Die progressive Muskelrelaxation (Relaxation = Entspannung) wurde ca. 1920 von Edmund Jacobson in den USA entwickelt. Das Verfahren besteht in einer schrittweisen Anspannung verschiedener Muskelgruppen. Die zu entspannende Muskelgruppe wird zunächst fünf bis sieben Sekunden angespannt. Dabei sollten Sie sich ganz auf das Gefühl der Anspannung konzentrieren. Anschließend wird die Anspannung langsam gelöst.

Nun konzentrieren Sie sich ganz auf das Gefühl der Entspannung. Nach ca. 20 bis 30 Sekunden wird dann zur nächsten Muskelgruppe übergegangen.

Auf diese Art und Weise wird der Unterschied zwischen angespannter und entspannter Muskulatur sehr bewusst erlebt. Angespannte Muskulatur wird dadurch auf die Dauer schneller bemerkt und Sie können daraufhin bewusst „locker lassen". Außerdem wird durch das Praktizieren der Methode gelernt, wie Entspannung herbeigeführt wird. Mit dem Üben

gelingt das zunehmend leichter und schneller. Viele Menschen nutzen diese Methode, um schneller und leichter in den Schlaf zu kommen.
Vorteil der Progressiven Muskelrelaxation: Die Methode ist schnell und einfach zu lernen, das Angebot an Kursen ist groß (Volkshochschulen, Familienbildungsstätten, Gesundheitszentren, Krankenkassen etc.).

**Autogenes Training**
Das autogene Training wurde um 1920 von dem Berliner Nervenarzt Schultz entwickelt und beruht auf selbsthypnotischen Techniken. Beim autogenen Training wird schrittweise das Empfinden von Wärme, Schwere oder Ruhe eingeübt. Dies erfolgt mithilfe von wiederholten Selbstanweisungen wie z. B. „mein rechter Arm wird schwer“, „ich bin ganz ruhig“.
Das perfekte Erlernen der Grundstufe dauert fast ein halbes Jahr und erfordert eine regelmäßige tägliche Übungszeit. Der Vorteil: Geübte können autogenes Training auch im Sitzen anwenden. Kurse werden angeboten von Volkshochschulen, Familienbildungsstätten, Gesundheitszentren, Krankenkassen etc.

**Atementspannung**
Ihre Atmung ist untrennbar mit körperlichen und geistig-seelischen Vorgängen verbunden. So wie die Atmung Ihre seelische Verfassung beeinflusst, wirkt sich auch andererseits Ihr Seelenzustand auf die Atmung aus. Schon alltägliche umgangssprachliche Aussagen, wie z. B. „eine atemberaubende Entwicklung“, „die Luft bleibt einem weg“, „eine Verschnaufpause einlegen“ oder „durchatmen können“ zeigen, wie wichtig der Atem für Gesundheit und Wohlbefinden ist.
Psychisches Missbefinden zeigt sich nicht nur in bestimmten Verhaltensweisen, sondern drückt sich auch in Körperhaltung, Stimme und ganz besonders in der Art und Weise wie Sie atmen, aus. Atementspannungsübungen können Sie von Ihren Schmerzen ablenken und unterstützen somit die Schmerzbewältigung. Kurse dazu werden seltener angeboten als Progressive Muskelentspannung und autogenes Training, finden sich aber in den gleichen Einrichtungen. Einzelsitzungen bei speziell ausgerichteten Atemtherapeuten gehen über die Entspannung weit hinaus bis in den Bereich der Selbsterfahrung und Psychotherapie.

**Biofeedback**
Biofeedback bedeutet soviel wie „Rückmeldung der Körperfunktionen“. Das Biofeedback gibt Ihnen Informationen über den Entspannungszustand Ihres Körpers. Dazu werden über ein spezielles Messgerät körperliche Daten wie Muskelspannung, Pulsschlag

In einer von Stress und Lärm geprägten Zeit reagiert der Körper auf die ständige Reizüberflutung mit einer Erhöhung der Grundspannung der Muskulatur.

Imaginationsbeispiel Wasserfall: Stellen Sie sich vor, Ihre Schmerzen würden von einem Wasserfall regelgerecht ausgewaschen und weggespült. Spüren Sie, wie Ihre Lebensenergie mithilfe des Wassers immer wieder neu aufgefrischt wird.

oder Körpertemperatur angezeigt. Diese Werte spiegeln die Reaktionen Ihres Körpers auf Stress, Angst und Schmerzen wider. Während der Übung lassen sich die Veränderungen der Körperfunktionen am Bildschirm verfolgen. Sie erleben, wie Sie Ihren Körper bewusst beeinflussen können.

Diese unmittelbare Rückmeldung verbessert Ihre Körperwahrnehmung und Sie lernen, die Spannung Ihrer Muskeln bewusst zu beeinflussen. Der Nachteil: Abhängigkeit von kostspieliger Apparatur, kaum zu Hause durchzuführen.

**Imaginationstechniken**

Die Methode basiert auf der Wirkungskraft angenehmer Vorstellungen (Imaginationen). Sie stellen sich in Gedanken Bilder vor, wie z. B. einen Spaziergang am Strand, eine schöne Landschaft oder Urlaubserinnerungen. Die Vorstellung dieser Bilder kann Sie von Ihren Schmerzen ablenken, Ihre Muskelverspannungen lösen und Ihr Wohlbefinden steigern.

Tipp: Sobald Sie feststellen, dass mit Ihrer Vorstellung auch unangenehme Gedanken verbunden sind (Beispiel: Sie liegen auf einer sonnigen Lichtung, aber Sie fühlen eine Ameise auf Ihrer Hand), wechseln Sie zu einer anderen Vorstellung, bis Sie „die Richtige“ gefunden haben. Merken Sie sich diese gut für das nächste Mal, denn bewährte Vorstellungen können Sie immer wieder „verwenden“, sie nutzen sich nicht ab! Für die Arbeit mit angenehmen Vorstellungen gibt es zahlreiche Bücher, meist mit CDs oder Kassetten.

## Sanfte Bewegungsformen

### Yoga

Der Hatha-Yoga ist eine alte, aus Indien stammende Lebensweisheit, die auf dem Zusammenspiel von Körper, Seele und Geist beruht. Das bedeutet, dass die Übungen, die Sie mit dem Körper ausführen, auch Ihre Gedanken und Ihre Gefühle beeinflussen und umgekehrt Ihre Gedanken und Gefühle auf Ihren Körper einwirken.

Im Hatha-Yoga gilt ein gesunder, beweglicher Körper, in dem die „göttliche Lebensenergie" ungehindert fließen kann, als wichtige Voraussetzung für die geistige und spirituelle Entwicklung.

Das Grundprinzip der Übungen besteht darin, vorher entspannte Muskeln und Gelenke langsam zu dehnen. Die Dehnung erfolgt in einer bestimmten Körperposition und immer nur so weit und so lange, wie es Ihren körperlichen Möglichkeiten entspricht. Alle Bewegungen werden langsam, konzentriert und mit bewusster Atmung durchgeführt. Auf Anspannung folgt stets Entspannung. Yogakurse werden in speziellen Yogaschulen, bei Volkshochschulen, dem Kneipp-Bund, in Bildungsstätten, Gesundheitszentren und von Krankenkassen angeboten.

Sanfte Bewegungsformen verbinden Atem- und Körperübungen. Sie eignen sich besonders zum Abbau von Spannungen und zur Verbesserung des Körpergefühls.

Die chinesische Heilgymnastik ist auch für Menschen mit Rückenbeschwerden geeignet, da die wohltuend langsamen Bewegungen die Muskelspannung herabsetzen und harmonische Bewegungsabläufe eingeleitet werden.

### Tai-Chi und Qigong

Diese beiden altchinesischen Bewegungslehren basieren auf der traditionellen chinesischen Medizin (TCM). Sie zielen vorrangig zur Unterstützung des Energieflusses auf den Leitbahnen (Meridiane).

Beim Tai-Chi stehen bestimmte Bewegungsabläufe (Formen) im Mittelpunkt, die die Auseinandersetzung zweier Gegner bzw. den Widerstreit der kosmischen Kräfte Yin und Yang darstellen.

Tai-Chi wird in der Gruppe erlernt, geübt wird im Stehen aus einer entspannten Grundhaltung heraus. Dabei führt der Lehrer einzelne Bewegungen in einer bestimmten Abfolge vor, die Schüler machen sie nach. Charakteristisch sind geschmeidige, spiralförmige Bewegungen der Arme und Beine, das Beugen und Strecken der Gelenke in verschieden Richtungen sowie Dreh- und Beugebewegungen von Kopf und Rumpf.

Beim Qigong werden nur langsame, fließende Bewegungsabläufe ausgeführt. Die Bewegungen orientieren sich an speziellen Bildern, wie z. B. „das Boot auf das Meer schieben“ oder „den Stein mit Kraft heben“. Die Qigongübungen verbinden in besonderer Weise die Meditation, das bewusste Atmen und die Haltungs- und Bewegungsschulung. Die Vielfalt der Qigongübungen ist erstaunlich hoch (über 5.000).

Sowohl Tai-Chi als auch Qigong sind zum Abbau von Verspannungen, zur Verbesserung des Körpergefühls und zur Harmonisierung der Bewegungen und der Körperhaltung geeignet.
Entsprechende Kurse werden in speziellen privaten Schulen, von manchen Sportvereinen, bei Volkshochschulen, in Bildungsstätten, Gesundheitszentren und von Krankenkassen angeboten.

**Feldenkrais**

Begründer der Feldenkrais-Methode ist der israelische Physiker Moshe Feldenkrais (1904–1984). Bei dieser Methode geht es vorrangig darum, die eigenen Verhaltens- und Bewegungsgewohnheiten zu erkennen.

Die Methode ist keine festgelegte Technik, sondern es handelt sich vielmehr um einen Denk- und Arbeitsansatz. Dabei ist es wichtig, dass Sie die Bewegungsabläufe nicht als „Übung" absolvieren, sondern als Gelegenheit nutzen, sich selbst in Ihrem augenblicklichen Lebensprozess zu beobachten. Der Lernprozess bedarf Ihrer Achtsamkeit, Ihrer Aufmerksamkeit und Ihrer Geduld.

Einfache, in Ruhe ausgeführte Bewegungen sollen die Körperwahrnehmung verbessern. Varianten werden ausprobiert, die Vielfalt an Bewegungsmöglichkeiten soll wiederentdeckt werden und so auch die Freude an der Bewegung. Sie lernen z. B. wie Sie die Bewegungen der Rückenmuskeln besser unterscheiden und koordinieren können oder wie die Atmung die Bewegung beeinflusst. Die Bewegungsformen sind leicht, schmerzfrei und ohne Anstrengungen durchführbar. Wichtig ist vor allem die Konzentration auf den Ablauf und die Wirkung der Bewegung. Feldenkrais-Lehrer absolvieren eine sehr umfangreiche Ausbildung. Kurse werden bei Volkshochschulen, in Bildungsstätten und Gesundheitszentren angeboten.

## Rückenschule

Eine gute Rückenschule muss sowohl bewegungs- als auch erlebnisorientiert sein.

Die Rückenschule ist ein ganzheitliches Bewegungsprogramm zur Förderung der Rückengesundheit. Sie ist ein Gruppenangebot mit sowohl vorbeugenden (präventiven) als auch behandelnden (therapeutischen) Zielen. Sie ist besonders gut geeignet, rückenfreundliche Verhaltensweisen für den Alltag, den Arbeitsplatz und für die Freizeit zu erlernen.

Die wichtigsten Ziele sind:

- Verbesserung der Körperwahrnehmung,
- Verbesserung der Körperhaltung und der Bewegungsabläufe,
- Steigerung der Koordination, Beweglichkeit, Kraft und Ausdauer,
- Förderung der Entspannungsfähigkeit,
- Steigerung der täglichen körperlichen Aktivitäten,
- Steigerung der gesundheitsorientierten Freizeitsportaktivitäten,
- Veränderung der Einstellung zu den Rückenschmerzen,
- Verbesserung der Strategien beim Umgang mit Rückenschmerzen.

Eine Rückenschule beinhaltet nicht nur Übungen, sondern bietet auch eine Vielzahl von Informationen zu rückenfreundlichem Verhalten im Alltag.

Die wichtigsten Inhalte sind:

- Körperwahrnehmungs-, Koordinations-, Dehn- und Kräftigungsübungen,
- Entspannungs- und Stressbewältigungsübungen,
- Lerneinheiten für das günstige Sitzen, Stehen, Bücken und Heben,
- Elemente aus gesundheitsorientierten Sportarten (wie z. B. Walking, Aerobic),
- Informationen zur ganzheitlichen Rückengesundheit und zur Schmerzbewältigung,
- Informationen zur Ergonomie von z. B. Stühlen, Sitzen oder Bettsystemen.

Ziele und Inhalte von Rückenschulkursen sind bundeseinheitlich geregelt.

Rückenschulkurse werden von physiotherapeutischen Praxen, Gesundheitsstudios, Volkshochschulen und Bildungseinrichtungen, Sportvereinen und Krankenkassen angeboten. Um eine hohe Qualität zu gewährleisten, sollten die Kurse nach den bundeseinheitlichen Richtlinien der „Konföderation der deutschen Rückenschulen" (KddR) durchgeführt werden.

## Wirbelsäulengymnastik/Rückengymnastik

Die zentralen Inhalte dieser Bewegungsangebote sind spezielle Dehn- und Kräftigungsübungen für die wirbelsäulenstabilisierenden Muskeln und für weitere, wichtige Skelettmuskeln.

Die Gymnastikstunden beginnen in der Regel mit einer Aufwärmphase. Der Hauptteil besteht aus variationsreichen, wirbelsäulengerechten Übungen im Stehen, Sitzen oder Liegen. Den Abschluss bilden Entspannungs- und Körperwahrnehmungselemente. Für Abwechslung und Spaß an der Bewegung sorgen der Einsatz von Musik, kleine Spielformen oder die Verwendung einfacher Sportgeräte, wie z. B. Therabänder, Pezzibälle, Turnstäbe oder Kurzhanteln.
Diese Gruppengymnastik wird flächendeckend von Sportvereinen, Volkshochschulen, Gesundheitszentren und Krankenkassen angeboten.

## Wassergymnastik / Aquafitness

Übungen im warmen Wasser – mindestens 28, höchstens 35 Grad – haben viele Vorteile. Die Auftriebskräfte entlasten nicht nur Ihre Bandscheiben, sondern vor allem auch Ihre Fuß-, Knie- und Hüftgelenke. Falls Ihnen das normale Gehen aufgrund von Gelenkarthrosen Beschwerden bereitet, können Sie die schmerzgeminderte Fortbewegung im Wasser erfahren. Die Übungen gegen den Wasserwiderstand kräftigen Ihre Muskeln und Sie verbessern durch die ausdauernde Anstrengung Ihr Herz-Kreis-

lauf-System. Das warme Wasser wirkt auf Ihren Körper entspannend. Dadurch können Schmerzen in der Muskulatur oder in den Gelenken gelindert werden.
Spezielle Übungsgeräte und der Einsatz von Musik sorgen auch bei diesen Angeboten für Abwechslung und Freude an der Bewegung.
Wassergymnastik oder Aquafitness werden von Schwimmsportvereinen, Kur- und Rehazentren, Sporthotels oder von öffentlichen bzw. privaten Badeanstalten angeboten.

## Geräteunterstütztes Training

Trotz vielfältiger Ursachen der chronischen Rückenschmerzen kann die gezielte Behandlung der wirbelsäulenstabilisierenden Muskulatur eine wirkungsvolle Maßnahme sein. Muskeltraining steigert Ihre Kraftfähigkeiten und verbessert sowohl Beweglichkeit als auch Ausdauer.
Sogenannte „analysegestützte medizinische Trainingstherapien" ermöglichen die Analyse Ihrer Wirbelsäulenbeweglichkeit und der Maximalkraft einzelner Muskelgruppen. Ein Computerprogramm gibt Ihnen dabei Auskunft über den Zustand Ihrer Muskulatur. Anhand der Analysedaten wird ein individuelles Programm für das Training an Geräten für Sie

erstellt. In der Regel beinhaltet dies ein dreimonatiges Aufbauprogramm mit 10 bis 24 Trainingseinheiten.

## Weitere therapeutische Techniken

**Alexander-Technik**
Die Alexander-Technik wurde von dem australischen Schauspieler Frederick Mathias Alexander (1869–1955) begründet. Sie besteht aus Körperbewegungen, die dazu dienen, Haltungsschwächen zu korrigieren und den Körper wieder aufzurichten. Zugrunde liegt der Gedanke, dass ein Mensch, der gelernt hat, seine Muskeln und Gelenke richtig zu gebrauchen, seinem Körper die Chance gibt, durch falsche Bewegung entstandene Erkrankungen zu heilen.
Bei der Alexander-Technik handelt es sich weder um Gymnastik-

Alle Methoden und Techniken zur Haltungsverbesserung können nur so gut wirken, wie Sie sich langfristig auch rückenfreundlich verhalten.

## Die Entscheidung liegt bei Ihnen

Sie sehen, es gibt auch bei chronischen Rückenbeschwerden eine Vielzahl von Therapien und Methoden, etwas dagegen zu unternehmen. Da ist es nicht immer einfach, die individuell für sich passende zu finden. Über fast alle der hier kurz beschriebenen Methoden gibt es Bücher in öffentlichen Bibliotheken oder weiterführende Informationen im Internet. Entscheiden sollten Sie sich für die Maßnahme,

- die zu Ihrer Persönlichkeit und zu Ihren Vorlieben passt,
- die Sie in Ihren normalen Alltag gut integrieren können,
- die Ihre Lebensfreude, Ihre Lebensqualität und Ihr Wohlbefinden steigert,
- die ein ganzheitliches, also Körper, Geist und Seele umfassendes Gesundheitsverständnis vertritt,
- die Ihre Beschwerden nachhaltig beseitigt oder lindert und
- die von einem für Sie überzeugenden Arzt oder Therapeuten angeleitet wird.

Seien Sie sich immer bewusst: Sie sind die wichtigste Person bei der Behandlung Ihrer Schmerzen, denn Sie selbst sind für Ihren Körper, Ihre Gesundheit und Ihr Wohlbefinden verantwortlich. Ihr Arzt oder Therapeut kann Ihnen helfen, Ihnen guten Rat geben und Sie unterstützen. Die Verantwortung für Ihre Gesundheit nimmt Ihnen aber niemand ab.

übungen noch um eine reine Entspannungsmethode oder um eine Abfolge bestimmter Stellungen wie beim Yoga – sie vereint vielmehr diese drei Bereiche. Eine der wichtigsten Grundannahmen der Lehre Alexanders besagt, dass Körper, Geist und Seele untrennbar miteinander verbunden sind. Jede Einwirkung auf den Körper wird sofort an den Geist weitergeleitet und umgekehrt. Alexander beschäftigte sich ausführlich mit der Wirbelsäule, weil er der Überzeugung war, dass hier alle wesentlichen Erkrankungen ihren Ursprung haben. Besonderes Augenmerk wird bei dieserTechnik auf die Stellung des Kopfes gelegt.

Der Lehrer korrigiert Ihre Bewegungen – Stehen, Liegen, Gehen, Sitzen – durch sehr vorsichtige, leichte Handbewegungen. Sie müssen sich vom Lehrer in Ihren Bewegungen leiten lassen. So sollen Sie die neuen Bewegungsmuster am besten lernen können. Die Alexander-Technik wird von speziell ausgebildeten Lehrern im Einzelunterricht vermittelt. Die Ausbildung zum Lehrer der Alexander-Technik erfolgt an anerkannten Schulen oder Instituten.

## Dorn-Methode

Entwickelt wurde die Methode von Dieter Dorn, einem Landwirt aus dem Allgäu, der auf diese Art einmal geheilt worden war. Das Ziel dieser Therapieform ist die Wiederherstellung einer geraden und aufrechten Wirbelsäule auf einem gerade stehenden Becken. Diese Einrichtung erfolgt durch sanften, seitlichen Druck auf die Dorn- oder Querfortsätze der Wirbel.

Vor der Behandlung werden Sie vom Therapeuten ca. 20 bis 30 Minuten lang mit Johanneskrautöl massiert. Dann gleitet er mit der Hand an Ihrer Wirbelsäule herab und spürt so Fehlstellungen auf. Danach übt er mit seinen Fingern, während Sie gleichzeitig Ihren Arm oder Ihr Bein pendeln, einen Druck aus, um die Wirbelkörper zu verschieben. Mit dieser Methode sollen die Bänder, Muskeln und Sehnen Ihrer Wirbelsäule geschont werden.

Bei der Anamnese durch den Dorn-Therapeuten spielen Ihre Psyche und Ihre Lebensverhältnisse eine wichtige Rolle.

## Zilgrei

Diese Selbstbehandlungsmethode entwickelten 1978 in Italien die Yogalehrerin Adrianna Zillo und der Chiropraktiker Hans Greissing. Beide Namen ergeben die Bezeichnung „Zilgrei". Die Selbstbehandlung beginnt mit einem Bewegungstest. Beim Test führen Sie Bewegungen z. B. nach rechts und links aus, um Unterschiede in der Beweglichkeit oder schmerzauslösende Bewegungen festzustellen. Nach dem Bewegungstest bewegen Sie den entsprechenden Körperteil in die beschwerde- und schmerzfreie Gegenrichtung. In dieser Position wird die „Zilgrei-Atmung" ausgeführt. Ein solcher Atemzyklus besteht aus der Einatmung in den Bauch, fünf Sekunden Pause mit angehaltener Luft, Ausatmung, fünf Sekunden Pause mit entleerter Lunge.

Zilgrei hilft bei der Linderung und Beseitigung vieler akuter Beschwerden wie Schulter- und Nackenbeschwerden, Kopfschmerzen, Verspannungen, Rückenschmerzen und Hüftgelenksbeschwerden. Zilgrei-Kurse werden inzwischen an zahlreichen Einrichtungen der Gesundheitsförderung und der Erwachsenenbildung angeboten.

Speziell ausgebildete Dorn-Therapeuten finden Sie am ehesten in den örtlichen Physiotherapiepraxen.

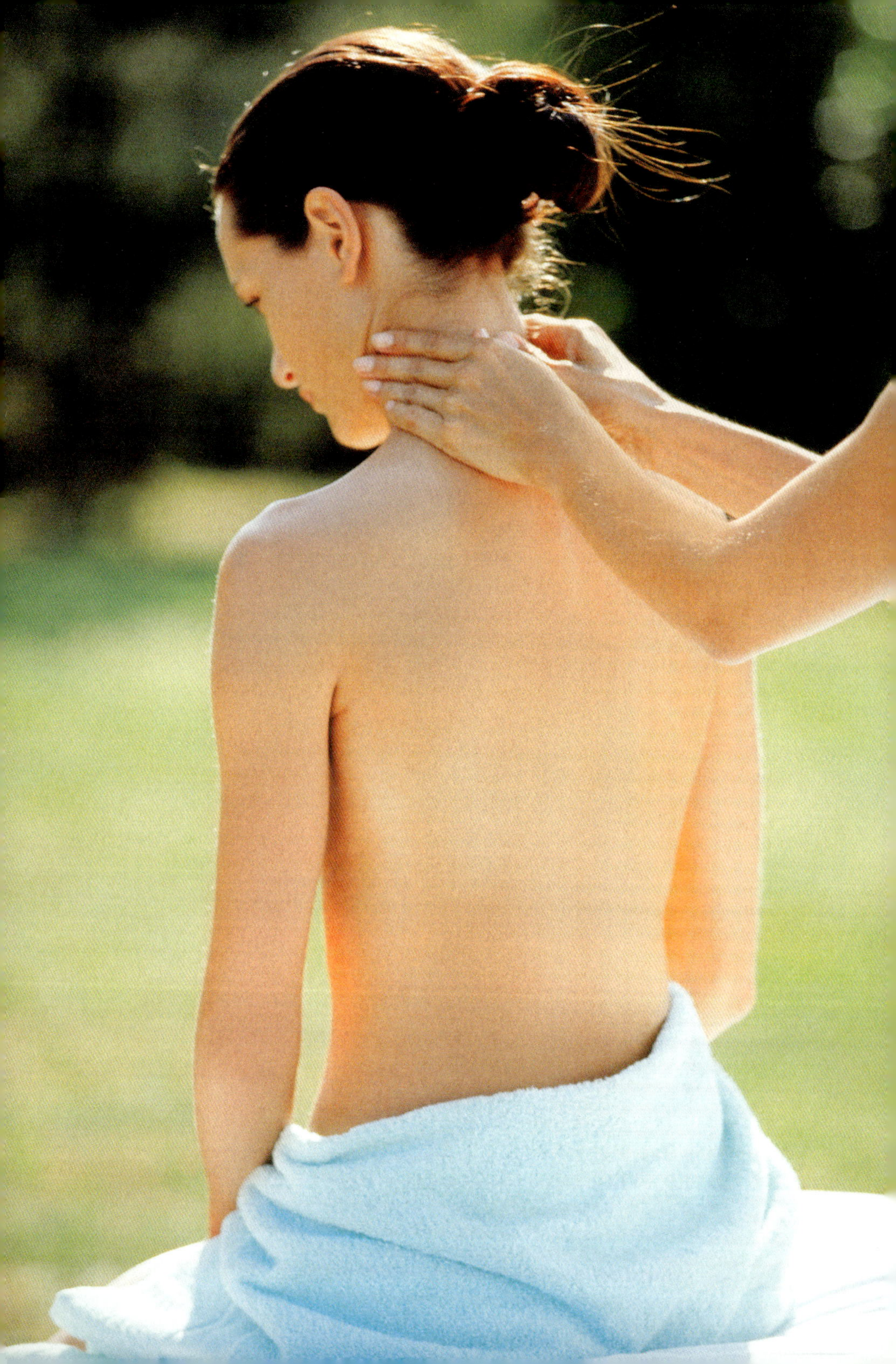

# Rückengesundheit – ein lebensbegleitendes Ziel

**Den Umgang mit Rückenschmerzen und unser gesamtes Bewegungsverhalten haben wir über viele Jahre hinweg entwickelt. Das Umlernen bedarf deshalb auch längerer Zeit, das klappt nicht von heute auf morgen.**
**Hier finden Sie nun die wichtigsten Kernaussagen noch einmal zusammengefasst. Damit können Sie Ihr Wissen und Ihre Motivation zur Veränderung immer wieder schnell „auffrischen".**

## Rückengesundheit im Überblick

### Wunderwerk Wirbelsäule

Die Wirbelsäule ist das zentrale Achsenorgan des Rückens. Sie besteht aus fünf Abschnitten: Steißbein, Kreuzbein, Lendenwirbelsäule, Brustwirbelsäule und Halswirbelsäule.
Die einzelnen Abschnitte unterscheiden sich zwar in Aufbau und Aufgaben, dennoch müssen sie als eine zusammenhängende Funktionseinheit gesehen werden. Rückenbeschwerden betreffen die gesamte Wirbelsäule und es ist nicht sinnvoll, den Rücken auf bestimmte Abschnitte der Wirbelsäule zu begrenzen.

- Die Wirbelsäule steht nicht isoliert im Körper, sondern ist ein wichtiges Bindeglied für die insgesamt über 200 Knochen. Die Aufrichtung der Wirbelsäule erfolgt nur in Abhängigkeit von

Besondere Bedeutung für die Wirbelsäule hat die Stellung des Beckens. Steht das Becken schief, dann wirkt sich diese Fehlstellung direkt auch auf die Wirbelsäule aus.

Ohne Muskeln kann das Rückgrat nicht in seiner aufrechten, sogenannten Doppel-S-Form gehalten werden.

den anderen großen Gelenken wie Knie-, Hüft- oder Schultergelenken.

- Rückengesundheit kann nur im Zusammenhang mit den vielfältigen Aufgaben der Wirbelsäule gesehen werden. Die Wirbelsäule stützt und bewegt den Oberkörper, sie schützt einen Teil der inneren Organe und vor allem das Rückenmark. Diese Aufgaben können zu den unterschiedlichsten Störungen führen.
- Die Muskeln an der Wirbelsäule dienen nicht nur der Bewegung, sondern vor allem auch ihrer Stabilität. Muskeln und knöcherne Bestandteile der Wirbelsäule, die 33 Rückenwirbel, sind eine funktionelle Einheit.

### Verschleiß ist keine Krankheit

Die Wirbelsäule ist Tag für Tag hohen Belastungen ausgesetzt. Diese Belastungen führen nach Jahren zu Veränderungen an den Gelenken und Knochen der Wirbelsäule. Meistens sind diese Veränderungen völlig normal und altersbedingt. Sie stellen keine Erkrankung dar und müssen auch nicht zwangsläufig zu Beschwerden führen.
Verschleißerscheinungen reduzieren zwar die Belastbarkeit der Wirbelsäule, sie sind aber kein Anlass für eine dauerhafte Schonung.

- Die Wirbelsäule ist ganz und gar auf Bewegung eingestellt. Sie ist nicht nur für Bewegung hervorragend gebaut, sondern sie benötigt auch dringend Bewegungsreize zum Gesundbleiben.

## Was hält den Rücken gesund?

Die Entwicklung des Menschen hat über Millionen von Jahren zu einer typischen Körperhaltung geführt. Kein anderes Lebewesen auf dieser Erde kann sich auf zwei Beinen so aufrichten wie wir Menschen.
Diese Besonderheit sollten Sie sich häufiger in Erinnerung rufen. Unser Rückgrat ist nicht krumm wie ein C, sondern elegant geschwungen wie ein Doppel-S. Aufrechtes Sitzen, Stehen und Gehen haben eine günstige Wirkung. Ebenso „freuen" sich Ihre Bandscheiben über rückengerechte Bewegungsmuster beim Heben und Tragen.

- Die Muskulatur des Menschen ist für abwechslungsreiche, dynamische Bewegungen gebaut. Einseitige, monotone Bewegungen überfordern nicht nur die Muskeln, sondern schädigen auf Dauer auch die Gelenke und Bänder.
- Positives Denken, Zufriedenheit und Zuversicht schaffen die Basis für Lebensfreude, unterstützen einen aktiven Lebensstil und sind gut für Ihre Rückenge-

sundheit. Wer freundlich und hilfsbereit ist,hat immer wieder Anlass, sich über sich selbst zu freuen!

- Ihr Körper meldet sich, wenn Sie zu viel von ihm verlangen. Das gilt sowohl für körperliche als auch für geistige Überforderung. Missempfindungen und Schmerzen sind die ersten Warnsignale, die Sie ernst nehmen sollten. Drosseln Sie Ihre Belastungen und Ihr Leistungsstreben. Lassen Sie es in Ihrem Leben etwas ruhiger angehen.
- Keine Frage: Vernünftig betriebener Freizeitsport fördert die Leistungsfähigkeit und die Widerstandsfähigkeit Ihres Körpers. Ihre Rückenmuskeln bleiben stark und beweglich.
- Gönnen Sie sich täglich 30 Minuten. In dieser Zeit können Sie Ihre wichtigsten Muskeln dehnen, kräftigen und lockern. Es kommt nicht auf spezielle Übungen an, sondern darauf, dass Sie Ihre Muskeln überhaupt fordern.

## Was macht den Rücken krank?

- Länger andauernder Stress erhöht die Spannung in der Muskulatur. Die Bandscheiben und Wirbelgelenke geraten dadurch unter Druck. So können Rückenschmerzen entstehen oder sich verstärken.
- Der Rücken lebt von der Bewegung und der täglichen Aktivität. Eine gedrückte Stimmung, Unlust und mangelnde Lebensfreude bremsen unsere Aktivität. Passivität und sozialer Rückzug können die Folge sein – beides ist für den Rücken nicht förderlich.
- Schlechte Arbeitsbedingungen, Monotonie oder Überforderung, Konflikte mit den Kollegen oder den Vorgesetzten – all

Eine gute Haltung ist wichtig, aber keine Haltung ist so gut, dass sie längere Zeit eingenommen werden sollte.

Eine bewusste Ernährung mit viel Obst, Gemüse und Vollkornprodukten sowie ein weitgehender Verzicht auf Zigaretten und Alkohol sind nicht nur für Ihre allgemeine Gesundheit wichtig, sondern stärken auch Ihren Rücken.

dies senkt die Zufriedenheit am Arbeitsplatz und löst Stress aus. Falls solche Umstände über einen längeren Zeitraum hinweg anhalten, kann dies zu Rückenbeschwerden führen.

- Die Wirbelsäule ist nicht für stundenlanges Sitzen oder Stehen gebaut. Der Rücken benötigt ein Mindestmaß an Bewegung. Fehlen diese Bewegungsreize, so verliert die Wirbelsäule auf Dauer die Fähigkeit, sich zu bewegen.
- Schweres Heben und Tragen am Arbeitsplatz und starke Wirbelsäulenverdrehungen oder Stauchungen beim Sport können auf Dauer den Rücken erheblich schädigen. Die Bandscheiben und Wirbelgelenke nutzen sich dadurch vorzeitig ab.

## Was tun bei Rückenschmerzen?

- Sanfte Bewegung schadet bei Rückenschmerzen nicht, ganz im Gegenteil: Ihre Muskeln bleiben dadurch kräftig und beweglich. Schonen Sie sich nur soweit, wie es unbedingt nötig ist.
- Rückenschmerzen sind immer mit einer erhöhten Muskelverspannung verbunden. Alles, was Ihre Muskeln entspannt, lindert deshalb auch Ihre Schmerzen: beispielsweise Wärme und Massage.
- Die meisten Rückenbeschwerden sind harmlos und verschwinden nach wenigen Wochen von allein oder nach einer zielgerichteten Behandlung. Die

Bandscheiben sind nur selten die Auslöser Ihrer Rückenschmerzen.
- Sie können durch Ihr Verhalten und durch Ihre Einstellung zum Rückenschmerz großen Einfluss auf den Verlauf Ihrer Beschwerden nehmen. Überlassen Sie das nicht dem Schmerz!
- Rückenschmerzen, die länger als drei Monate andauern, können Auswirkungen auf das Schmerzempfinden haben. Die Gehirnregionen, die den Schmerz verarbeiten, können durch anhaltende Schmerzen verändert werden. In der Folge spürt man die Schmerzen häufiger und intensiver. Diese Schmerzen haben dann mit den ursprünglichen Ursachen Ihrer Rückenschmerzen nur noch sehr wenig zu tun.

Rückenschmerzen können sich also verselbstständigen und ein sogenanntes Schmerzgedächtnis bilden. Die Folge ist der chronische Rückenschmerz. Deshalb ist es so wichtig, frühzeitig wirksam gegen Rückenschmerzen aktiv zu werden.

# Blick auf die persönlichen Umstände

Rückenschmerzen müssen in ihrer vielschichtigen Gesamtheit betrachtet werden. Die Begriffe „ganzheitlich“, „interdisziplinär“ (= fachübergreifend) und „multimodal“ (= aus mehreren Bestandteilen zusammengesetzt) drücken das Bestreben aus, über den berühmten „Tellerrand“ zu schauen und alle Aspekte zu erfassen.
Der moderne Ansatz zur Rückengesundheit ist multimodal und ressourcenorientiert. Es gilt dabei, einen „weiten Blick“ einzunehmen,
- um alle positiven Elemente, die der Rückengesundheit dienen können, zu erkennen und
- um alle Reserven, Hilfsmittel oder Quellen zu nützen, die Ihren Rücken stärken können. Sie sind identisch mit den „Rücken-Plus-Punkten“, die Sie bereits kennengelernt haben (siehe Seite 21 ff.). Die Ressourcen helfen Ihnen dabei, Ihren Rücken in der Balance zu halten.

Nach diesem modernen Ansatz rücken vier Schwerpunkte in den Mittelpunkt:
- die individuellen Wesenszüge Ihrer Person,
- die arbeitsplatzbezogenen Verhältnisse,
- die umweltbezogenen Bedingungen,
- die medizinisch-therapeutischen Bedingungen.

Der moderne Ansatz der Rückengesundheit ist multimodal und ressourcenorientiert.

## Individuelle Wesenszüge Ihrer Person

Die Gesundheit Ihres Rückens ist nur unter Berücksichtigung Ihrer ganzen Person, die sich in Ihren individuellen Wesenszügen ausdrückt, zu erreichen.
Zu diesen individuellen Wesenszügen zählen:

- körperliche Voraussetzungen wie etwa Körpergröße, Körpergewicht, motorische Eigenschaften, Herz-Kreislauf-System, Immunsystem, Stoffwechselfunktionen.
- psychische Voraussetzungen wie z. B. die Fähigkeit zur Entspannung und zum Stressabbau.
- soziale Voraussetzungen in Ihrer Familie und im Freundes- und Kollegenkreis. Sind Ihre sozialen Beziehungen geprägt durch die wechselseitige Zuwendung, Rücksichtnahme und Unterstützung?

Darüber hinaus werden Ihre individuellen Wesenszüge geprägt durch Wissen, Sprache, Kreativität, Werte oder Religion. Die Bewusstmachung aller Ihrer individuellen Wesenszüge, Fähigkeiten oder Fertigkeiten sind wichtig, damit Sie langfristig Ihre Rückengesundheit aus eigener Kraft gestalten können.

## Arbeitsplatzbezogene Verhältnisse

Die Verhältnisse an Ihrem Arbeitsplatz beeinflussen die Gesundheit Ihres Rückens in besonderer Art und Weise. Auch hierbei gilt es nicht nur, auf einzelne Arbeitsplatzbedingungen zu schauen, sondern es ist wichtig, das ganze System zu beleuchten. Das Beachten von rückenfreundlichen Haltungen und Bewegungen ist wichtig, auch die Ausgleichsgymnastik hilft Ihrem Rücken, aber es gibt noch weitere wichtige Dinge, die beachtet werden sollten. Zu den Ihren Rücken beeinflussenden Faktoren am Arbeitsplatz zählen:

- körperliche Belastungen, wie langes Sitzen am Bildschirmarbeitsplatz, einseitige Bewegungsabläufe, Überkopfarbeiten oder häufiges schweres Heben und Tragen.
- ungünstige ergonomische Verhältnisse, wie niedrige Bürotische, schlechte Bürostühle, ungeeignete Werkzeuge.
- mangelhafte Arbeitsorganisation und Arbeitsabläufe.
- Überforderung und Unterforderung sowie geringer Handlungsspielraum.
- unangemessenes Führungsverhalten des Chefs und schlechtes Betriebsklima.

## Die umweltbezogenen Bedingungen

Die Umwelt beeinflusst selbstverständlich auch Ihre Rückengesundheit. Folgende Fragen verdeutlichen Ihnen den Zusammenhang mit dem Rücken:

- Wo wohnen Sie? Müssen Sie lange Autofahrten zu Ihrem Arbeitsplatz in Kauf nehmen? Können Sie mit dem Rad zur Arbeit fahren oder eine Teilstrecke sogar zu Fuß zurücklegen?
- Gibt es in Ihrer Wohnumgebung ausreichende Möglichkeiten, sich in der Natur zu bewegen? Erlauben die Wege das Ausüben von Walking oder Nordic Walking? Können Sie in einer nahe gelegenen Badeanstalt oder einem Badesee häufiger schwimmen?
- Haben Sie einen Garten am Haus oder einen Schrebergarten in der Nähe, in dem Sie sich körperlich betätigen können?
- Gibt es in Ihrer Nähe einen Sportverein, eine Bildungsstätte oder ein Gesundheitsstudio, in dem Sie einen gesundheitsorientierten Sport betreiben oder ein Entspannungsverfahren lernen können?

## Medizinisch-therapeutische Bedingungen

Die angemessene, individuelle Betreuung durch Ärzte und Therapeuten ist für Ihren Rücken wichtig. Diese Personen sollen Sie in einem positiven, aktiven Umgang mit dem Rücken bestärken.
Lassen Sie sich beispielsweise durch Verschleißerscheinungen auf dem Röntgenbild nicht entmutigen. Lassen Sie sich eine moderate, sportliche Aktivität nicht dauerhaft verbieten.

Ärzte und Therapeuten sollen Sie dabei unterstützen, dass Sie zu einem Experten für Ihre Rückengesundheit werden.

- Sehen Sie die Behandlung eines Arztes sehr kritisch, wenn bei Ihren Rückenschmerzen ausschließlich auf die körperlichen Aspekte geachtet wird und Ihre psychische Befindlichkeit keine Rolle spielt.
- Sehen Sie aber auch die Therapie eines Psychotherapeuten sehr kritisch, wenn bei Ihren Rückenschmerzen ausschließlich auf Ihre psychischen Befindlichkeitsstörungen geachtet wird und die körperlichen Aspekte keine Rolle spielen.

Wünschenswert ist die Behandlung durch ein ganzheitlich arbeitendes Team, welches aus Ärzten, Physiotherapeuten, Sporttherapeuten und Psychologen besteht. Sie sehen: Rückengesundheit ist auf Dauer nur durch einen komplexen, vielschichtigen Ansatz zu erreichen. Nutzen Sie Ihre Ressourcen auf möglichst vielen Gebieten.

## Auf den Lebensstil kommt es an

Ein gesundheitsorientierter Lebensstil hält auch Ihren Rücken am ehesten gesund.

Eine positive Grundeinstellung, Lebensfreude und ein ausgeglichener Lebensstil fördern Ihre Gesundheit ganz allgemein und sind auch Voraussetzung für Ihren gesunden Rücken.
Lernen Sie in Ihrem Alltag ein gutes Maß für Arbeit und Entspannung, für Aktivität und Ruhephasen zu finden. Beides ist wichtig und gleichwertig.
Finden Sie Ihren individuellen Rhythmus! Lassen Sie sich nicht durch Medien und Werbung zur Überaktivität verleiten.
Schämen Sie sich nicht dafür, auch einmal krank zu sein und Schmerzen zu haben. Schwäche gehört zum menschlichen Leben, ebenso wie Stärke und Höchstleistungen. Und genauso gehört auch das Annehmen von Anteilnahme und Fürsorge dazu: Nehmen Sie Zuwendung an und unterstützen Sie andere Menschen, wenn diese Ihre Hilfe brauchen. Das menschliche Miteinander, die gegenseitige positive Anteilnahme und Unterstützung, eine gewisse soziale Verantwortung füreinander machen das Leben für alle leichter, schöner und lebenswerter.
Pflegen Sie einen positiven, fröhlichen und gesunden Lebensstil im Sinne der hier vorgestellten ganzheitlichen Sicht. Der Einklang von Körper, Geist und Seele ist die beste Voraussetzung für lebenslange Gesundheit und fördert die schnelle Genesung im Erkrankungsfall. Es gibt nicht nur die beiden Zustände „Krankheit" oder „Gesundheit", meistens befinden wir uns irgendwo dazwischen.
Wir wünschen Ihnen, dass Sie Ihre innere Waage kennenlernen und sich immer wieder im Leben ausbalancieren können!

# Weiterführende Informationen

**Jeder Mensch ist durch Eigeninitiative in der Lage, Rückenschmerzen vorzubeugen und so weit wie möglich zu vermeiden. Und wenn doch einmal Beschwerden auftreten, können Sie mithilfe des vorliegenden Ratgebers selbst feststellen, was die Rückenschmerzen ausgelöst hat und mit geeigneten Maßnahmen für Abhilfe sorgen.**
**Zusätzlich gibt es eine Reihe von Organisationen, die Information und Unterstützung bieten. Interessierte Leser finden im Folgenden hilfreiche Adressen sowie ein Glossar, das wichtige Begriffe erklärt.**

## Adressen und Ansprechpartner

**Konföderation der deutschen Rückenschulen**
c/o BdR e. V. Geschäftsstelle
Postfach 1124
30011 Hannover
Telefon 0511/3502730
Fax 0511/3505866
www.kddr.de

**Aktion Gesunder Rücken (AGR)**
Postfach 103
27443 Selsingen
Telefon 0700/247 11 111
Fax 0700/247 22 222
www.agr-ev.de

**Bundesarbeitsgemeinschaft für Haltungs- und Bewegungsförderung e. V.**
Friedrichstraße 14
65185 Wiesbaden
Telefon 0611/37 42 09
Fax 0611/91 00 706

**Deutsche Ärztegesellschaft für Akupunktur e. V. (DÄGfA)**
Würmtalstraße 54
81375 München
Telefon 089/71 00 511
www.daegfa.de
fz@daegfa.de

**BVO – Berufsverband der Ärzte für Orthopädie e. V.**
Am Lindenbaum 6–8
60433 Frankfurt/Main
Telefon 069/752 00 95
Fax 069/753 20 83

**Bundesverband der deutschen Rückenschulen (BdR) e.V.**
Postfach 1124
30011 Hannover
Telefon 0511/35 02 730
www.bdr-ev.de

**Berufsverband staatlich geprüfter Gymnastiklehrerinnen und -lehrer**
Deutscher GymnastikBund
DGymB e. V.
Wasserschieder Straße 1
55765 Birkenfeld/Nahe
vertreten durch: Cornelia M. Kopelsky, Erste Vorsitzende

**Bundesarbeitsgemeinschaft chronische Kreuzschmerzen (Back)**
Ambulanz für Schmerzbehandlung der Universitätsklinik Göttingen
Robert-Koch-Straße 40
37075 Göttingen
Telefon 0551/39 88 16
www.schmerzambulanz.humanmedizin-goettingen.de

**Bundesverband der Yogalehrenden in Deutschland e. V.**
Jüdenstraße 37
37073 Göttingen
Telefon 0551/48 83 808
Fax 0551/48 83 860
www.yoga.de

**Bundesverband Skoliose-Selbsthilfe e. V.**
Interessengemeinschaft für Wirbelsäulengeschädigte
Mühlweg 12
74838 Limbach
Telefon 0177/73 23 334
www.bundesverband-skoliose.de

**Deutsche Schmerzhilfe e. V.**
Sietwende 20
21720 Grünendeich
Telefon 04142/61 04 34
www.schmerzselbsthilfe.de

**Deutscher Dachverband für Qigong und Taijiquan e. V. (DDQT)**
Am Leinekanal 4
37073 Göttingen
Telefon 0551/20 19 90
www.ddqt.de

**Zentralverband der Krankengymnasten/ Physiotherapeuten (ZVK) e. V.**
Postfach 21 02 80
50528 Köln
Telefon 0221/98 10 270
www.zvk.org

**Forum: Gesunder Rücken – besser leben e. V.**
Friedrichstraße 14
65185 Wiesbaden
Telefon 0611/37 42 25
www.forum-ruecken.de

# Glossar

**Akupunktur:** Therapieverfahren aus der Traditionellen Chinesischen Medizin, bei der feine Nadeln in ausgewählte Akupunkturpunkte gestochen werden. Die Behandlung soll „Energieblockaden“, die zu Störungen in Organsystemen führen, lösen und den Energiefluss fördern.

**Alexander-Technik:** Eine Methode, die lehrt, Haltungs- und Bewegungsgewohnheiten zu erkennen und falsche Bewegungsmuster abzubauen.

**Anamnese:** Gespräch (Befragung) zwischen Arzt und Patient, welches auf die Erhebung der Vorgeschichte, der Krankheitsentwicklung und der aktuellen Befindlichkeit des Patienten zielt.

**Ausdauertraining:** Verbessert die Fähigkeit des Menschen, eine körperliche Leistung über eine längere Zeit auszuhalten. Es hat eine positive Wirkung vor allem auf das Herz-Kreislauf-System, den Stoffwechsel und das Immunsystem.

**Autogenes Training:** Eine auf Selbstbeeinflussung (Autosuggestion) basierende Technik zur Entspannung und Stressbewältigung.

**Beckenbodengymnastik:** Spezielle Gymnastik zur Kräftigung und Entspannung der Beckenbodenmuskulatur.

**Betriebliche Gesundheitsförderung:** Umfasst alle Maßnahmen zur Verbesserung von Gesundheit und Wohlbefinden am Arbeitsplatz. Dazu gehören gesundheitsgerechte Arbeitsplatzgestaltung, Förderung einer aktiven Mitarbeiterbeteiligung sowie Angebote zum gesundheitsgerechten Verhalten.

**Diagnose:** Ist in der Medizin und in der Psychologie die genaue Zuordnung von Befunden (Zeichen oder Symptomen) zu einem Krankheitsbegriff oder einer Symptomatik.

**Dorn-Therapie:** Eine Methode mit der versucht wird, beispielsweise Beinlängenunterschiede zu korrigieren und falsch stehende Wirbel mit sanftem Druck einzurichten.

**Feldenkrais-Methode:** Körperorientierte Lernmethode, bei der man durch sanfte Körperübungen seine Körperwahrnehmung verbessern und mehr über seine Bewegungsmuster erfahren kann. Die gewonnene Körpererfahrung soll sich positiv auf die Verhaltens- und Denkgewohnheiten auswirken.

**Funktionelle Gymnastik:** Dehn- und Kräftigungsübungen für die wichtigsten Skelettmuskeln, bei deren Ausführung besonders stark auf die Funktion der einzelnen Muskeln, den Bau der beteiligten Gelenke und auf die Wirkung der Übung geachtet wird.

**Manualtherapie:** Eine Technik, welche die normale Beweglichkeit der Gelenke – besonders der Wirbelsäule – wiederherstellt. Dabei berücksichtigt sie sowohl das gestörte Gelenkspiel als auch die Verschiebung der beteiligten Gelenkknochen.

**Muskuläre Balance:** Gleichmäßige Ausbildung der Muskulatur (Beuger und Strecker) an einem Gelenk, wie z. B. Knie-, Hüft- und Schultergelenk oder in einem Körperabschnitt, wie z. B. Becken oder Rumpf.

**Osteopathie:** Diese ganzheitliche manuelle Therapie behandelt Bewegungseinschränkungen im Muskel- und Skelettsystem, im System der inneren Organe und im System der Hirnhäute und Rückenmarkshäute.

**Progressive Muskelentspannung:** Entspannungsverfahren, bei dem durch die bewusste An- und Entspannung bestimmter Muskelgruppen ein Zustand tiefer Entspannung des ganzen Körpers erreicht wird.

**Rückengesundheit:** Ein Mensch ist rückengesund, wenn er möglichst wenig Rückenschmerzen hat und sein Rücken ihm einen aktiven und unbeschwerten Lebensstil ermöglicht.

**Rückenschule:** Freud- und erlebnisorientiertes Bewegungsangebot zur Förderung rückenfreundlicher Verhaltensweisen am Arbeitsplatz, im Alltag und in der Freizeit.

**Schmerzgedächtnis:** Immer wiederkehrende Schmerzen können sich im Gehirn einprägen, wie ein Trampelpfad auf einer Wiese. Diese Pfadbildung im Gehirn führt zu einem sogenannten Schmerzgedächtnis.

**Schmerzvermeidungsverhalten:** Wenn Menschen die körperliche Aktivität meiden, weil sie befürchten, dass die Bewegung bei ihnen Schmerzen auslösen kann, zeigen sie ein „Schmerzvermeidungsverhalten“. Dieses Verhalten unterstützt die Chronifizierung von Rückenschmerzen.

**Stress:** Hohe körperliche und geistige Belastung, die krankmachend sein kann, wenn der Organismus ihr nicht länger gewachsen ist und die Bewältigungsstrategien des Menschen unzureichend sind.

**Zilgrei:** Therapeutische Technik, die aus einer Kombination von Atemübungen mit gezielten Bewegungsübungen besteht.

Bildnachweis

Wir bedanken uns bei allen Bildlieferanten, die uns durch die Bereitstellung von Abbildungen freundlicherweise unterstützt haben.

djd deutsche journalisten dienste: djd/RatGeberZentrale 37; djd/Tourist-Information Bad Tölz 49; djd/Berufsverband Deutscher Präventologen 71; djd/Allcura Naturheilmittel 87; djd/Protina 105; djd/Intersanté 111; djd/Staatsbad Meinberg 113; djd/MSD Sharp & Dohme 133; djd/Optimmun 134; djd/ADA Möbelfabrik GmbH 136

ifa Bilderteam: 5, 78, 124

Klosterfrau Gesundheitsdienst: 24, 26, 28, 45, 46, 80, 102, 122, 123, 129

Klüppel, Gilbert, Dr.: 96

Kuhnt, Ulrich – Rückenschule Hannover: 9, 10, 11, 12, 16, 18, 20, 21, 22, 27, 40, 41, 44, 50, 51, 52, 53, 54, 55, 56, 57, 60, 61, 62, 63, 64, 65, 66, 67, 68, 69, 72, 88, 89, 108

mauritius images: 4 (3), 5, 6, 14, 30, 34, 42, 107, 109, 130

Odlo International AG: 5, 100

OÖ Tourismus/Therme Geinberg: 127

Picture-Alliance: Picture-Alliance/dpa/dpaweb 81; Picture-Alliance/OKAPIA KG, Germany 92, 95

Polar Electro GmbH: 48

Styx Naturkosmetik GmbH: 117